新日檢 N5 聽解

30天速成！ 新版

こんどうともこ 著／王愿琦 中文翻譯

元氣日語編輯小組 總策劃

これ一冊あれば
「聴解」なんて怖くない！

　日本語能力試験に合格するために、がんばっていることと思います。ある人は学校の特別対策講義を受けたり、ある人は大量の試験対策問題を買い込んだり、ある人は教材は買ったものの何をどう勉強していいかわからず、ただ神様にお願いしているだけかもしれません。

　じつは、日本語能力試験はある傾向をつかめば、問題を解くコツがつかめます。それが書かれた優れた教材もいくつか出版されています。ただ、それらを如何に上手に見つけるかは、学習者の能力と運にもよるのですが……。とはいっても、それは「言語知識（文字・語彙・文法）」と「読解」においていえることです。残念なことに、「聴解」に打ち勝つコツというのは、今のところほとんど見たことがありません。

　そこで生まれたのが本書です。画期的ともいえる本書には、学習者が苦手とする間違いやすい発音や、文法などの基本的な聞き取り練習が豊富に取り入れられています。また、問題パターンについての解説もあります。流れに沿って問題を解いていくうちに、試験の傾向が自然と身につく仕組みになっているのです。さらに、頻度の高い単語や文型が種類別に列挙してあるので、覚えておくと役に立ちます。自信がついたら、後ろにある模擬試験で実力をチェックしてみましょう。自分の弱点が分かれば、あとはそれを克服するのみです。

　最後に、本書を手にとってくださった学習者のみなさまが、「聴解」への恐怖心をなくし、さらなる一歩を踏み出してくだされば幸いです。合格を心よりお祈り申し上げます。

こんどうともこ

有了這一本書，
「聽解」就不怕了！

相信您正為了要考過日本語能力測驗而努力著。或許有些人正讀著學校特別對應考試的講義，或許有些人買了很多對應考試的問題集，也或許有些人講義買是買了，但不知道如何去讀，只能祈求上蒼保佑。

其實日本語能力測驗，只要能夠掌握考題走向，便能掌握解題的要訣。而這樣出色的教材，也有好幾本已經出版了。只不過，要如何有效地找到這些教材，還得靠學習者的能力和運氣。話雖如此，這些好教材可以說也僅限於「言語知識（文字・語彙・文法）」和「讀解」而已。很遺憾的，有關要戰勝「聽解」要訣的書，目前幾乎一本都沒有。

於是，這本書醞釀而生了。也可稱之為劃時代創舉的本書，富含了學習者最棘手、容易出錯的發音或是文法等基本聽力練習。此外，就問題題型也做了解說。整本書的結構，是在按部就班解題的同時，也能自然而然了解考試的走向。再者，由於本書也分門別類列舉了出現頻率高的單字和句型，所以有助於記憶。而一旦建立了自信，請試著用附錄的擬真試題確認實力吧！若能知道自己的弱點，之後就是克服那些而已。

最後，如果手持本書的各位學習者，能夠因此不再害怕「聽解」，甚至讓聽力更上一層樓的話，將是我最欣慰的事。在此衷心祝福大家高分過關。

近藤知子

（元氣日語編輯小組　譯）

戰勝新日檢
掌握日語關鍵能力

　　日本語能力測驗（**日本語能力試驗**）是由「日本國際教育支援協會」及「日本國際交流基金會」，在日本及世界各地為日語學習者測試其日語能力的測驗。自1984年開辦，迄今超過30年，每年報考人數節節升高，是世界上規模最大、也最具公信力的日語考試。

✳ 新日檢是什麼？

　　近年來，除了一般學習日語的學生之外，更有許多社會人士，為了在日本生活、就業、工作晉升等各種不同理由，參加日本語能力測驗。同時，日本語能力測驗實行30多年來，語言教育學、測驗理論等的變遷，漸有改革提案及建言。在許多專家的縝密研擬之下，自2010年起實施新制日本語能力測驗（以下簡稱新日檢），滿足各層面的日語檢定需求。

　　除了日語相關知識之外，新日檢更重視「活用日語」的能力，因此特別在題目中加重溝通能力的測驗。目前執行的新日檢為5級制（N1、N2、N3、N4、N5），新制的「N」除了代表「日語（Nihongo）」，也代表「新（New）」。

✳ 新日檢N5的考試科目有什麼？

　　新日檢N5的考試科目，分為「言語知識（文字・語彙）」、「言語知識（文法）・讀解」與「聽解」三科考試，計分則為「言語知識（文字・語彙・文法）・讀解」120分，「聽解」60分，總分180分，並設立各科基本分數標準，也就是總分須通過合格分數（＝通過標準）之外，各科也須達到一定成績（＝通過門檻），如果總分達到合格分數，但有一科成績未達到通過門檻，亦不算是合格。各級之總分通過標準及各分科成績通過門檻請見下表。

N5總分通過標準及各分科成績通過門檻			
總分通過標準	得分範圍	0~180	
	通過標準	80	
分科成績通過門檻	言語知識（文字・語彙・文法）・讀解	得分範圍	0~120
		通過門檻	38
	聽解	得分範圍	0~60
		通過門檻	19

　　從上表得知，考生必須總分超過80分，同時「言語知識（文字・語彙・文法）・讀解」不得低於38分、「聽解」不得低於19分，方能取得N5合格證書。

　　此外，根據官方新發表的內容，新日檢N5合格的目標，是希望考生能完全理解基礎日語。

新日檢N5程度標準		
新日檢N5	閱讀（讀解）	・理解日常生活中以平假名、片假名或是漢字等書寫的語句或文章。
	聽力（聽解）	・在教室、身邊環境等日常生活中會遇到的場合下，透過慢速、簡短的對話，即能聽取必要的資訊。

✤ 新日檢N5的考題有什麼（新舊比較）？

　　從2020年度第2回（12月）測驗起，新日檢N5測驗時間及試題題數基準進行部分變更，考試內容整理如下表所示：

考試科目			題型		題數		考試時間	
			大題	內容	舊制	新制	舊制	新制
（文字·語彙）言語知識	文字·語彙	1	漢字讀音	選擇漢字的讀音	12	7	25分鐘	20分鐘
		2	表記	選擇適當的漢字	8	5		
		3	文脈規定	根據句子選擇正確的單字意思	10	6		
		4	近義詞	選擇與題目意思最接近的單字	5	3		
言語知識（文法）·讀解	文法	1	文法1（判斷文法形式）	選擇正確句型	16	9	50分鐘	40分鐘
		2	文法2（組合文句）	句子重組（排序）	5	4		
		3	文章文法	文章中的填空（克漏字），根據文脈，選出適當的語彙或句型	5	4		
	讀解	4	內容理解（短文）	閱讀題目（包含學習、生活、工作等各式話題，約80字的文章），測驗是否理解其內容	3	2		
		5	內容理解（中文）	閱讀題目（日常話題、場合等題材，約250字的文章），測驗是否理解其因果關係或關鍵字	2	2		
		6	資訊檢索	閱讀題目（廣告、傳單等，約250字），測驗是否能找出必要的資訊	1	1		

考試科目	題型			題數		考試時間	
	大題	內容		舊制	新制	舊制	新制
聽解	1 課題理解	聽取具體的資訊，選擇適當的答案，測驗是否理解接下來該做的動作		7	7	30分鐘	30分鐘
	2 重點理解	先提示問題，再聽取內容並選擇正確的答案，測驗是否能掌握對話的重點		6	6		
	3 說話表現	邊看圖邊聽說明，選擇適當的話語		5	5		
	4 即時應答	聽取單方提問或會話，選擇適當的回答		6	6		

其他關於新日檢的各項改革資訊，可逕查閱「日本語能力試驗」官方網站http://www.jlpt.jp/。

✸ 台灣地區新日檢相關考試訊息

測驗日期：每年七月及十二月第一個星期日

測驗級數及時間：N1、N2在下午舉行；N3、N4、N5在上午舉行

測驗地點：台北、桃園、台中、高雄

報名時間：第一回約於三～四月左右，第二回約於八～九月左右

實施機構：財團法人語言訓練測驗中心

（02）2365-5050

http://www.lttc.ntu.edu.tw/JLPT.htm

如何使用本書

　　本書將應考前最後衝刺的30天分成5大區塊，一開始先累積「聽解」的基礎知識，接著再逐項拆解四大問題，一邊解題，一邊背誦考試中可能會出現的句型和單字。跟著本書，只要30天，「聽解」就能高分過關！

★STEP 1 學會「非會不可的基礎知識」

　　第1～6天的「非會不可的基礎知識」，教您如何有系統地累積聽解實力，一舉突破日語聽力「音便」、「相似音」、「招呼用語」！

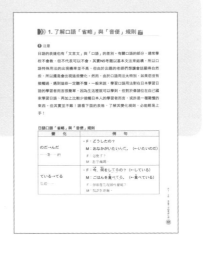

★STEP 2 拆解「聽解科目的四大題型」

　　第7～30天，每6天為一個學習單位，一一拆解聽解科目四大題型，從「會考什麼」、「考試形式」一直到「會怎麼問」，透徹解析！

⭐STEP 3 即刻「實戰練習‧實戰練習解析」

　　了解每一個題型之後，立刻做考題練習。所有考題皆完全依據「日本國際教育支援協會」及「日本國際交流基金會」所公布的新日檢「最新題型」與「題數」出題。

　　測驗時聽不懂的地方請務必跟著音檔複誦，熟悉日語標準語調及說話速度，提升日語聽解應戰實力。此外，所有題目及選項均有中文翻譯與解答，可藉此釐清應考聽力的重點。

⭐STEP 4 收錄「聽解必考句型‧聽解必背單字」

　　特別收錄「聽解必考句型」、「聽解必背單字」。四大題型裡經常會出現的會話口語文法、必考單字，皆補充於該題型之後，不僅可以提高答題的正確率，還可以加強自己的文法、單字實力。

　　附錄為一回擬真試題，實際應戰，考驗學習成效。更可以事先熟悉新日檢聽力考試現場的臨場感。擬真試題作答完畢後，再參考解析及翻譯加強學習，聽解實力再進化。

如何掃描 QR Code 下載音檔

1. 以手機內建的相機或是掃描 QR Code 的 App 掃描封面的 QR Code。
2. 點選「雲端硬碟」的連結之後，進入音檔清單畫面，接著點選畫面右上角的「三個點」。
3. 點選「新增至『已加星號』專區」一欄，星星即會變成黃色或黑色，代表加入成功。
4. 開啟電腦，打開您的「雲端硬碟」網頁，點選左側欄位的「已加星號」。
5. 選擇該音檔資料夾，點滑鼠右鍵，選擇「下載」，即可將音檔存入電腦。

目 次

第 1～6 天　非會不可的基礎知識

第 7～12 天　問題1「課題理解」

第 13～18 天　　**問題2「重點理解」**

第 19~24 天　問題3「說話表現」

第 25~30 天　問題4「即時應答」

附錄　新日檢N5聽解擬真試題＋解析

本書採用略語：

名 名詞

動 動詞

副 副詞

代 代名詞

イ形 イ形容詞（形容詞）

ナ形 ナ形容詞（形容動詞）

接尾 接尾詞

第 1~6 天

非會不可的基礎知識

在分四大題進行題目解析之前,先來看看要準備哪些,才能打好穩固的聽力基礎實力!

「新日檢N5聽解」準備要領

✳ 新日檢「聽解」要求什麼？

新日檢更要求貼近生活的聽解能力，所以內容多是日本人在學校上、家庭上或職場上每天實際運用的日文。

✳ 如何準備新日檢「聽解」？

據說有許多考生因為找不到提升聽解能力合適的書，所以用看日劇或看日本綜藝節目的方式來練習聽力。這種學習方式並非不好，但是如果不熟悉一般對話中常出現的「口語上的省略」或「音便」的話，就永遠不知道日本人實際在說什麼。因此本單元提供很多「非會不可的聽解基礎知識」，只要好好學習，保證您的聽解有令人滿意的成績！

1. 了解口語「省略」與「音便」規則

❗ 注意

日語的表達也有「文言文」與「口語」的差別。有關口語的部分,通常學校不會教,但不代表可以不會。其實N5考題以基本文法來結構,所以口語特殊用法的出現機率並不高,但由於出題的老師們想讓會話顯得自然些,所以還是會出現這些變化。然而,由於口語用法太特別,如果您沒有接觸過,遇到這些一定聽不懂。一般來說,學習口語用法對在日本學習日語的學習者而言很簡單,因為生活裡就可以學到,但對於像諸位在自己國家學習日語、再加上比較少接觸日本人的學習者而言,或許是一種難懂的東西。但其實並不難!請看下面的表格,了解其變化規則,必能輕易上手!

日語口語「省略」與「音便」規則

變　化	例　句
のだ→んだ ……是……的	・F：どうしたの？ M：おなかがいたいんだ。（←いたいのだ） F：怎麼了？ M：肚子痛啊。
ている→てる 正在……	・F：今、何をしてるの？（←している） M：ごはんを食べてる。（←食べている） F：你現在正在做什麼呢？ M：我正在吃飯。

變　化	例　句
ら→ん（音便）	・えいごは分かんない。（←分からない） 不懂英文。
り→ん（音便）	・ペンがたんないよ。（←たりない） 筆不夠唷。
れ→ん（音便）	・もう食べらんない。（←食べられない） 已經吃不下。
でしょう→でしょ 〜吧？	・いっしょに行くでしょ？ （←行くでしょう） 一起去吧？
とは→って 所謂的〜是〜	・「けいたい」って、何ですか？ （←「けいたい」とは） 「けいたい（手機）」，是什麼呢？
ておく→とく 先做好	・コップをあらっといてね。 （←あらっておいて） 先把玻璃杯洗好喔。
ではない→じゃない 不〜	・あの人は有名じゃない。 （←有名ではない） 那個人不有名。
てしまう→ちゃう 表示完成、感慨、遺憾	・テレビがこわれちゃった。 （←こわれてしまった） 電視壞了。

變　　化	例　　句
の→ん（音便） もの→もん 因為、由於	・M：ぼくのケーキ、食_たべた？ 　F：おなかがすいたんだもん。 　　　（←すいたのだもの） 　M：我的蛋糕，你吃了？ 　F：因為肚子餓啊。
など→なんか 之類的	・これからえいがなんかどうですか。 　（←えいがなど） 接下來（看）電影之類的如何呢？
わたし→あたし 我	・あたしは王_{おう}です。（←わたし） 我姓王。
ほんとうに→ほんとに 真的	・ほんとにおいしいです。 　（←ほんとうに） 真的好吃。
すみません→ すいません 對不起、不好意思	・すいません。（←すみません） 對不起。

❗ 注意

聽考題的時候，請注意有沒有濁音（ ゛）、半濁音（ ゜）、促音（っ・ッ）、長音（拉長的音・ー）、撥音（ん・ン）、拗音（ゃ/ゅ/ょ・ャ/ュ/ョ）。有沒有這些音，意思就會完全不一樣喔！

「相似音」的分別

	有	無
濁音	ぶた（豚）0 名 豬 ざる（笊）0 名 竹簍	ふた（蓋）0 名 蓋子 さる（猿）1 名 猴子
半濁音	プリン 1 名 布丁 ペン 1 名 筆	ふりん（不倫）0 名 外遇 へん（変）1 名 ナ形 奇怪
促音	しょっちゅう 1 副 經常 マッチ 1 名 火柴 きって（切手）0 名 郵票	しょちゅう（暑中）0 名 盛夏 まち（町/街）2/2 名 城鎮/ 　大街 きて（来て/着て）1/0 動 　來/穿
長音	おばあさん 2 名 祖母、外祖母、 　（指年老的婦女）老奶奶、 　老婆婆 おじいさん 2 名 祖父、外祖父、 　（指年老的男性）老公公、 　老爺爺	おばさん 0 名 伯母、叔母、舅母、 　姑母、姨母、（指中年婦女）阿姨 おじさん 0 名 伯父、叔父、舅舅、 　姑丈、姨丈、（指中年男子）叔叔

	有	無
長音	ステーキ 2 名 牛排 シール 1 名 貼紙	すてき（素敵） 0 ナ形 極好、極漂亮 しる（知る） 0 動 知道
撥音	かれん（可憐） 0 ナ形 可愛、惹人憐愛 かんけい（関係） 0 名 關係	かれ（彼） 1 名 他 かけい（家計／家系） 0／0 名 家計／血統
拗音	きゃく（客） 0 名 客人 りょこう（旅行） 0 名 旅行 じょゆう（女優） 0 名 女演員 びょういん（病院） 0 名 醫院	きく（菊） 0 名 菊花 りこう（利口） 0 名 ナ形 聰明、機靈、周到 じゆう（自由） 2 名 自由 びよういん（美容院） 2 名 美容院

第1～6天 非會不可的基礎知識

21

▶▶▶ 3. 把「招呼用語」記下來，對聽解考試大有幫助！ `MP3 03`

❶ 注意

相信很多台灣人都聽過一些日文招呼用語，但也因為如此，考生反而容易忽略這點。您知道嗎？日本人經常使用的招呼用語，其實和各位所知道的有些差異唷。而且只要稍有變化，恐怕就會聽不懂會話內容裡的主角在說什麼。再加上如果沒有好好整理背起來的話，恐怕也會影響到解題時的思考方向。這正是因為在N5聽解的考試裡，招呼用語可說是屬於必考內容。而且雖然只是一般的招呼用語，但其實也各有主題性。以下整理成八類，分別有「問候」、「見面」、「自我介紹」、「道歉」、「拜訪」、「用餐」、「致謝」、「道別」，請多聽音檔好好記下來吧。不僅在考試上，去日本玩的時候也會有幫助喔！

新日檢「聽解」裡常聽到的招呼用語

問候	おはよう。 早。
	おはようございます。 早安。（比「おはよう」正式）
	こんにちは。 你好、午安。
	こんばんは。 晚安。
	おやすみ。 （睡覺前的）晚安。
	おやすみなさい。 （睡覺前的）晚安。（比「おやすみ」正式）
	いってきます。 我要出門了。
	いってまいります。 我要出門了。（比「いってきます」正式）

問候	いってらっしゃい。 慢走、路上小心。 ただいま。 我回來了。
見面	はじめまして。 初次見面。 おげんきですか。 您好嗎？ げんき？ 你好嗎？ げんきです。 （我）很好。 ひさしぶり。 好久不見。 おひさしぶりです。 好久不見。（比「ひさしぶり」正式）
自我 介紹	わたしは○○です。 我姓○○。 わたしは○○ともうします。 敝姓○○。 よろしく。 多多指教。 どうぞよろしく。 請多多指教。 どうぞよろしくおねがいします。 　麻煩請多多指教。（比「どうぞよろしく」正式） こちらこそ。 彼此彼此（我才請您多多指教）。

道歉	すみません。 對不起、不好意思。（比「ごめんなさい」正式） ごめん。 抱歉。 ごめんね。 抱歉啦。 ごめんなさい。 對不起。
拜訪	ごめんください。 （進門前）有人在嗎？ いらっしゃい。 歡迎。 いらっしゃいませ。 歡迎光臨。（比「いらっしゃい」正式） 失礼^{しつれい}します。 打擾。 失礼^{しつれい}しました。 打擾了。
用餐	いただきます。 （用餐前）開動。 ごちそうさま。 謝謝招待、吃飽了。 ごちそうさまでした。 謝謝您的招待、吃飽了。 （比「ごちそうさま」正式）
致謝	どうも。 謝啦。（用於熟人） ありがとう。 謝謝。（用於熟人） どうもありがとう。 非常謝謝。 ありがとうございます。 謝謝您。 どうもありがとうございます。 非常謝謝您。（比「どうもありがとう」正式） どうもありがとうございました。 非常感謝。

致謝	いいえ。 不會。 どういたしまして。 不客氣。
道別	さよなら。 再見。（用於熟人） さようなら。 再見。 おげんきで。 請多保重。 じゃあね。 那麼，再見。（只能用於朋友之間） では、また。 那麼，再見。（用於熟人） またね。 再見。（用於熟人）
	また明日。 明天見。（用於熟人） 気をつけて。 小心。 お気をつけて。 請小心。

❗ 注意

相信各位已從前面學到不少好用的規則，有「省略」、「音便」、「相似音」、「招呼用語」，透過這些規則來考試，必能輕鬆如意。接下來，請各位熟悉考試的型態，這對應考大有幫助。一起練習看看吧！

　まず、もんだいを　きいて　ください。それから　ただしい　こたえを　ひとつ　えらんで　ください。

もんだい1

　なんと　いいましたか。ただしい　ほうを　えらんで　ください。

① A）わたしのパソコン、こわしたでしょ。

　　B）わたしのパソコン、こわしたでしょう。

② A）あたらしい先生、きれいじゃないね。

　　B）あたらしい先生、きれいではないね。

③ A）ぜんぜんわかんない。

　　B）ぜんぜんわからない。

④ A）あたしは陳です。

　　B）わたしは陳です。

⑤A）ほんとうにすみません。

　B）ほんとにすみません。

⑥A）このふく、<ruby>小<rt>ちい</rt></ruby>さくてきられないよ。

　B）このふく、<ruby>小<rt>ちい</rt></ruby>さくてきらんないよ。

もんだい2

> なんと　いいましたか。ただしい　ほうを　えらんで　ください。

①A）びょういん　　　　　B）びよういん

②A）おばさん　　　　　　B）おばあさん

③A）おじいさん　　　　　B）おじさん

④A）かけい　　　　　　　B）かんけい

⑤A）ふた　　　　　　　　B）ぶた

⑥A）きて　　　　　　　　B）きって

もんだい3

> ぶんを　きいて、1から3の　なかから　ただしい　こたえを　ひ
> とつ　えらんで　ください。

① 1. けんきです。

　 2. げんきです。

　 3. おげんきです。

② 1. いらっしゃい。

　 2. いってきます。

　 3. いただきます。

③ 1. どうしまして。

　 2. どういたしまして。

　 3. どうしていまして。

④ 1. こちらこそ。

　 2. あちらこそ。

　 3. そちらこそ。

⑤ 1. ごちそうさま。

　 2. おひさしぶりです。

　 3. お気をつけて。

⑥ 1. おいしかったです。ごちそうさま。

　 2. おいしかったです。ごくろうさま。

　 3. おいしかったです。ごろうさま。

▶▶▶ 解答與解析

もんだい1

> **なんと　いいましたか。ただしい　ほうを　えらんで　ください。**
>
> 説了什麼呢？請選出正確答案。

① A）わたしのパソコン、こわしたでしょ。

　　我的個人電腦，弄壞了吧。

② A）あたらしい先生、きれいじゃないね。
　　　　　　せんせい

　　新米的老師，不漂亮耶。

③ A）ぜんぜんわかんない。

　　完全不懂。

④ B）わたしは陳です。
　　　　　　ちん

　　我姓陳。

⑤ B）ほんとにすみません。

　　真的對不起。

⑥ A）このふく、小さくてきられないよ。
　　　　　　　　ちい

　　這件衣服，因為太小穿不下唷。

もんだい2

> なんと いいましたか。ただしい ほうを えらんで ください。
>
> 説了什麼呢？請選出正確答案。

① A）びょういん 醫院　　　　　B）びようういん 美容院

② A）おばさん 阿姨、舅媽　　　B）おばあさん 奶奶、老婆婆

③ A）おじいさん 爺爺、老公公　B）おじさん 叔叔、舅舅

④ A）かけい 家計 / 血統　　　　B）かんけい 關係

⑤ A）ふた 蓋子　　　　　　　　B）ぶた 豬

⑥ A）きて 來 / 穿　　　　　　　B）きって 郵票

もんだい3

> ぶんを きいて、1から3の なかから ただしい こたえを ひ
> とつ えらんで ください。
>
> 請聽句子，從1到3之中選出一個正確答案。

① F：おげんきですか。 您好嗎？

　M：1. けんきです。 （無此用法）

　　　2. げんきです。 （我）很好。

　　　3. おげんきです。 （無此用法，講述自己的事情時不可以使用敬語
　　　　　「お」）

② M：どうぞ食べてください。 您請吃。

　F：1. いらっしゃい。 歡迎、歡迎。

　　2. いってきます。 我要出門了。

　　3. いただきます。 開動。

③ M：どうもありがとう。 謝謝。

　F：1. どうしまして。 （無此用法）

　　2. どういたしまして。 不客氣。

　　3. どうしていまして。 （無此用法）

④ F：どうぞよろしく。 請多多指教。

　M：1. こちらこそ。 彼此彼此（我才請您多多指教）。

　　2. あちらこそ。 （無此用法）

　　3. そちらこそ。 （無此用法）

⑤ F：さようなら。 再見。

　M：1. ごちそうさま。 謝謝招待、吃飽了。

　　2. おひさしぶりです。 好久不見。

　　3. お気をつけて。 請小心。

⑥ M：どうでしたか。 如何呢？

　F：1. おいしかったです。ごちそうさま。 很好吃。謝謝招待。

　　2. おいしかったです。ごくろうさま。 很好吃。辛苦啦。

　　3. おいしかったです。ごろうさま。 很好吃。五郎先生。

第 7〜12 天

問題1「課題理解」

考試科目 （時間）	題型			
		大題	內容	題數
聽解30分鐘	1	課題理解	聽取具體的資訊，選擇適當的答案，測驗是否理解接下來該做的動作	7
	2	重點理解	先提示問題，再聽取內容並選擇正確的答案，測驗是否能掌握對話的重點	6
	3	説話表現	邊看圖邊聽説明，選擇適當的話語	5
	4	即時應答	聽取單方提問或會話，選擇適當的回答	6

問題 1 注意事項

✳「問題1」會考什麼？

聽取具體的資訊，選擇適當的答案，測驗是否理解接下來該做的動作。比方說判斷要買什麼東西、去哪裡或搭什麼交通工具等等。

✳「問題1」的考試形式？

答題方式為先聽情境提示與問題，接著一邊看圖或選項裡的文字，一邊聽對話中的資訊，然後再聽一次問題。最後從選項中選出正確答案。共有七個小題。

✳「問題1」會怎麼問？ MP3 05

・クラスで先生が話しています。がくせいはこれから何をしますか。

　教室裡老師正說著話。學生接下來要做什麼呢？

・男の人と女の人が話しています。女の人はどこへ行きますか。

　男人和女人正說著話。女人要去哪裡呢？

・男の人と女の人がでんわで話しています。二人はいつ会いますか。

　男人和女人正講著電話。二個人什麼時候見面呢？

もんだい1

もんだい1では、はじめに　しつもんを　きいて　ください。それから　はなしを　きいて、もんだいようしの　1から4の　なかから、いちばん　いい　ものを　ひとつ　えらんで　ください。

1 ばん MP3 06

1

ぎんこう

2

コンビニ

3

ゆうびんきょく

4

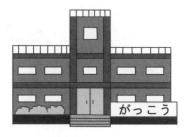

がっこう

3 ばん MP3 08

1. 火<ruby>か<rt></rt></ruby>よう日<ruby>び<rt></rt></ruby>

2. 水<ruby>すい<rt></rt></ruby>よう日<ruby>び<rt></rt></ruby>

3. 金<ruby>きん<rt></rt></ruby>よう日<ruby>び<rt></rt></ruby>

4. 日<ruby>にち<rt></rt></ruby>よう日<ruby>び<rt></rt></ruby>

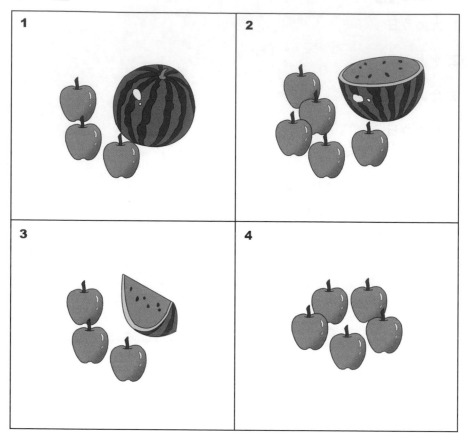

❺ ばん MP3 10

1. 十一ページの三ばん

2. 十一ページの四ばん

3. 十八ページの三ばん

4. 十八ページの四ばん

6 ばん MP3 11

1. 今日です。

2. 明日です。

3. あさってです。

4. 今日の次の日です。

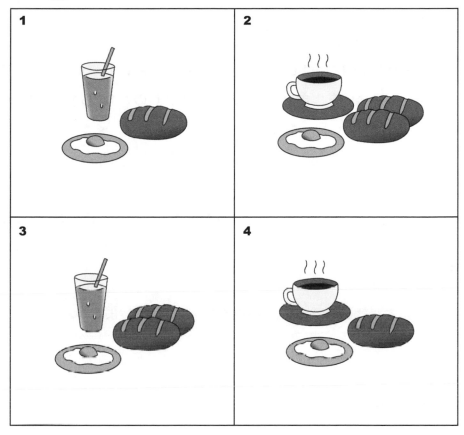

問題 1 實戰練習（1）解析

もんだい1

> もんだい1では、はじめに　しつもんを　きいて　ください。それから　はなしを　きいて、もんだいようしの　1から4の　なかから、いちばん　いい　ものを　ひとつ　えらんで　ください。
>
> 問題1，請先聽問題。接下來聽會話，請從試題紙的1到4裡面，選出一個最適當的答案。

（M：男性、男孩　F：女性、女孩）

①ばん MP3 06

教室で先生が話しています。学生ははじめに何をしますか。

F：今日は何の日ですか。

M：文化の日です。

F：そうです。田中くん、今日はどんなことをしますか。

M：げいじゅつやスポーツを楽しみます。

F：そのとおりです。みんなで絵をかいたり、プールで泳いだりします。テニスをしてもいいですよ。でも、その前にみんなでいっしょに歌を歌いましょう。どんな歌がいいですか。

学生ははじめに何をしますか。

教室裡老師正在說話。學生一開始要做什麼呢？

F：今天是什麼日子啊？

M：是文化節。

F：是的。田中同學，今天要做什麼事情呢？

M：要享受藝術或運動。

F：就是那樣。大家來畫畫圖或是在游泳池游游泳。打網球也可以喔！但是，在那之前大家一起唱歌吧！唱什麼歌好呢？

學生一開始要做什麼呢？

答案：4

❷ ばん MP3 07

男の人と女の人が話しています。二人はこのあと、まずどこに行きますか。

F：お待たせ。

M：おそい。

F：ごめんなさい。銀行に人がたくさんいたの。

M：うん。帰ろう。

F：まだだめよ。たかしの学校に行って先生に会うの。郵便局にも行かなきゃならないし。

M：もうおなかがすいて動けないよ。

F：じゃ、まずコンビニでおにぎりとパンを買いましょう。

M：さんせい！！

二人はこのあと、まずどこに行きますか。

男人和女人正在説話。二個人之後，要先去哪裡呢？

F ：讓你久等了。

M：好慢。

F ：對不起。銀行人好多。

M：嗯。回家吧！

F ：還不行啦！要去小隆的學校和老師見面。還有也非去郵局不可。

M：肚子已經餓到動不了了啦！

F ：那麼，先去便利商店買飯糰和麵包吧！

M：贊成！！

二個人之後，要先去哪裡呢？

答案：2

③ ばん MP3 08

男の人と女の人が話しています。二人は何よう日に海へ行きますか。

M：毎日、あついですね。

F：ええ。海に行って、泳ぎたいです。

M：いっしょに行きませんか。

F：いいですね。

M：水よう日はどうですか。

F：水よう日はバイトがあるんです。

M：火よう日か金よう日はどうですか。それか日よう日。

F：わたしは火よう日と日よう日はだめです。

M：じゃ、のこりの日ですね。

F：はい。

二人は何よう日に海へ行きますか。

1. 火よう日
2. 水よう日
3. 金よう日
4. 日よう日

男人和女人正在説話。二個人星期幾要去海邊呢？

M：每天都好熱喔！

F ：嗯。想去海邊游泳。

M：要不要一起去呢？

F ：好啊！

M：星期三如何呢？

F ：星期三有打工。

M：星期二或星期五如何呢？還是星期日？

F ：我星期二和星期日不行。

M：那麼，就剩下來的日子囉。

F ：是的。

二個人星期幾要去海邊呢？

1. 星期二

2. 星期三

3. 星期五

4. 星期日

答案：3

女の人がくだものをえらんでいます。女の人はどれを買うことにしましたか。

M：いらっしゃい。

F：りんごをください。

M：いくつですか。

F：三つ。

M：一つ百二十円です。五つなら、五百円でいいですよ。

F：じゃ、五つください。

M：それだけでいいですか。今日はスイカも安いですよ。

F：今日はいいです。

女の人はどれを買うことにしましたか。

....

女人正在選水果。女人決定買哪一個了呢？

M：歡迎光臨。

F：請給我蘋果。

M：幾個呢？

F：三個。

M：一個一百二十日圓。五個的話，算五百日圓就好囉！

F：那麼，請給我五個。

M：只要那個就好了嗎？今天西瓜也很便宜喔！

F：今天不用。

女人決定買哪一個了呢？

答案：4

⑤ ばん MP3 10

教室で先生が話しています。今日はどこを勉強しますか。

F：みなさん、先週はどこを勉強しましたか。

M：十八ページの一ばんと二ばんです。

F：そうですね。十一ページの宿題はあとで見せてください。今日は、先週の続きです。一ばんと二ばんは終わったので、次を勉強しましょう。

M：はい。

今日はどこを勉強しますか。

1. 十一ページの三ばん
2. 十一ページの四ばん
3. 十八ページの三ばん
4. 十八ページの四ばん

教室裡老師正在說話。今天要學習哪裡呢？

F：各位同學，上個星期學習了哪裡呢？

M：十八頁的第一和第二。

F：是的。十一頁的作業等一下請給我看。今天是上週的延續。因為第一和第二結束了，所以學習接下來的吧！

M：好的。

今大要學習哪裡呢？

1. 十一頁的第三
2. 十一頁的第四
3. 十八頁的第三
4. 十八頁的第四

答案：3

6 ばん MP3 11

男の人と女の人が話しています。二人はいつ食事に行きますか。

M：おひさしぶりです。

F：ええ。いっしょにごはんを食べませんか。

M：いいですね。でも、今日はだめです。用事がありますから。

F：そうですか。じゃ、明日はどうですか。

M：明日もちょっと……。その次の日はどうですか。

F：いいですよ。じゃ、その日に行きましょう。

M：ええ、楽しみにしています。

二人はいつ食事に行きますか。
1. 今日です。
2. 明日です。
3. あさってです。
4. 今日の次の日です。

男人和女人正在説話。二個人什麼時候去吃飯呢？

M：好久不見。

F：是啊。要不要一起去吃個飯呢？

M：好啊！但是，今天不行。因為有事情。

F：那樣啊！那麼，明天如何呢？

M：明天也有點⋯⋯。那個的隔天如何呢？

F：好啊！那麼，就那天去吧！

M：嗯，好期待。

二個人什麼時候去吃飯呢？

1. 今天。

2. 明天。

3. 後天。

4. 今天的隔天。

答案：3

<ruby>病院<rt>びょういん</rt></ruby>で<ruby>女<rt>おんな</rt></ruby>の<ruby>人<rt>ひと</rt></ruby>が<ruby>先生<rt>せんせい</rt></ruby>と<ruby>話<rt>はな</rt></ruby>しています。<ruby>女<rt>おんな</rt></ruby>の<ruby>人<rt>ひと</rt></ruby>は<ruby>何<rt>なに</rt></ruby>を<ruby>食<rt>た</rt></ruby>べましたか。

M：どうしましたか。

F：おなかがいたいんです。

M：<ruby>朝<rt>あさ</rt></ruby>、<ruby>何<rt>なに</rt></ruby>を<ruby>食<rt>た</rt></ruby>べましたか。

F：パンを<ruby>二<rt>ふた</rt></ruby>つとたまごを<ruby>食<rt>た</rt></ruby>べました。それから<ruby>飲<rt>の</rt></ruby>みものも<ruby>飲<rt>の</rt></ruby>みました。

M：コーヒーですか。

F：いいえ、オレンジジュースです。

M：<ruby>胃<rt>い</rt></ruby>の<ruby>薬<rt>くすり</rt></ruby>をあげます。<ruby>今日<rt>きょう</rt></ruby>はうちでゆっくり<ruby>休<rt>やす</rt></ruby>んでください。

F：わかりました。

<ruby>女<rt>おんな</rt></ruby>の<ruby>人<rt>ひと</rt></ruby>は<ruby>何<rt>なに</rt></ruby>を<ruby>食<rt>た</rt></ruby>べましたか。

醫院裡女人和醫生正在說話。女人吃了什麼了呢？

M：怎麼了呢？

F：肚子痛。

M：早上，吃了什麼了呢？

F：吃了二個麵包和蛋。然後也喝了飲料。

M：咖啡嗎？

F：不，是柳橙汁。

M：給妳胃藥。今天請在家好好休息。

F：知道了。

女人吃了什麼了呢？

答案：3

もんだい1

> 　もんだい1では、はじめに　しつもんを　きいて　ください。そ
> れから　はなしを　きいて、もんだいようしの　1から4の　なかか
> ら、いちばん　いい　ものを　ひとつ　えらんで　ください。

❶ばん MP3 13

1	2
☀ → ☀	☀ → ☁
3	**4**
☂ → ☁	☀ → ⛈

②ばん MP3 14

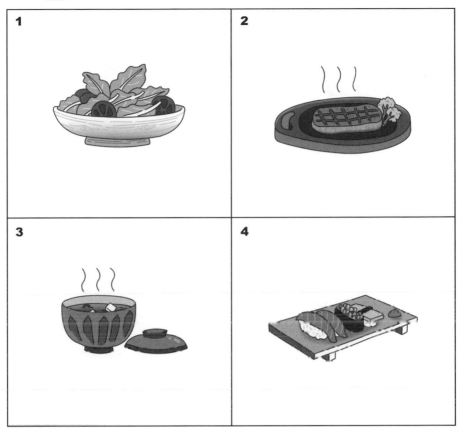

1

2

3

4

ばん MP3 15

1. やさしい先生です。

2. こわい先生です。

3. きれいな先生です。

4. テストが好きな先生です。

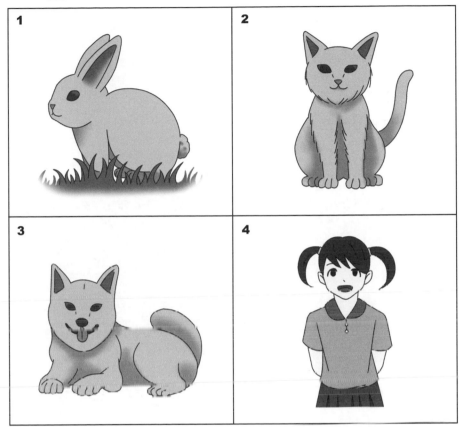

❺ばん MP3 17

1. ぎゅうにゅうを二本

2. ぎゅうにゅうを五本

3. ぎゅうにゅうを二本とビールを一本

4. ぎゅうにゅうを五本とビールを二本

新日檢N5聽解30天速成！升級版

⑥ ばん MP3 18

1. うんどうします。

2. たくさんねます。

3. すこししか食べません。

4. やさいをたくさん食べます。

1

2
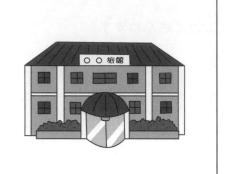

3

4

▶▶▶ 問題 1 實戰練習（2）解析

もんだい1

> もんだい1では、はじめに　しつもんを　きいて　ください。それから　はなしを　きいて、もんだいようしの　1から4の　なかから、いちばん　いい　ものを　ひとつ　えらんで　ください。
>
> 問題1，請先聽問題。接下來聽會話，請從試題紙的1到4裡面，選出一個最適當的答案。

（M：男性、男孩　F：女性、女孩）

① ばん MP3 13

今日の天気について話しています。今日の天気はどうですか。

F：今日はいい天気ですね。

M：ええ、でも午後はわるいみたいです。

F：ほんとうですか。

M：テレビで言ってました。雨がふるって。

F：今はとてもいい天気です。しんじられません。

M：出かけるとき、かさをもったほうがいいですよ。

F：そうですね。

今日の天気はどうですか。

就今天的天氣說著話。今天的天氣如何呢？

F：今天是好天氣呢！

M：是的，但是下午好像不好。

F：真的嗎？

M：電視上說的。說會下雨。

F：現在天氣非常好。真不敢相信。

M：出門時，帶把傘比較好喔！

F：是啊！

今天的天氣如何呢？

答案：4

❷ばん MP3 14

男<ruby>の<rt></rt></ruby>人<ruby>と<rt></rt></ruby>女の人が話しています。女の人はこのあと何を食べますか。

M：いっしょにご飯を食べませんか。

F ：いいですよ。何が食べたいですか。

M：ぼくはサラダが食べたいです。大木さんは？

F ：わたしは、今日はさむいのであたたかいものがいいです。

M：じゃ、えき前のレストランに行きましょう。あの店のぎゅうにくは
　　とてもおいしいですよ。

F ：わあ、いいですね。ぎゅうにく、大好きです。

女の人はこのあと何を食べますか。

男人和女人正在說話。女人之後要吃什麼呢？

M：要不要一起吃個飯？

F ：好啊！想吃什麼呢？

M：我想吃沙拉。大木小姐呢？

F ：我因為今天很冷，所以暖和的東西比較好。

M：那麼，去車站前的餐廳吧！那家店的牛肉非常好吃喔！

F ：哇啊，好耶。牛肉，我最喜歡了。

女人之後要吃什麼呢？

答案：2

<ruby>男<rt>おとこ</rt></ruby>の<ruby>子<rt>こ</rt></ruby>と<ruby>女<rt>おんな</rt></ruby>の<ruby>子<rt>こ</rt></ruby>が<ruby>話<rt>はな</rt></ruby>しています。<ruby>英語<rt>えいご</rt></ruby>の<ruby>先生<rt>せんせい</rt></ruby>はどんな<ruby>人<rt>ひと</rt></ruby>ですか。

M：<ruby>京子<rt>きょうこ</rt></ruby>ちゃん、<ruby>木村先生<rt>きむらせんせい</rt></ruby>ってどんな<ruby>先生<rt>せんせい</rt></ruby>？

F ：<ruby>木村先生<rt>きむらせんせい</rt></ruby>？あのきれいなフランス<ruby>語<rt>ご</rt></ruby>の<ruby>先生<rt>せんせい</rt></ruby>？

M：ちがう。<ruby>男<rt>おとこ</rt></ruby>の<ruby>英語<rt>えいご</rt></ruby>の<ruby>先生<rt>せんせい</rt></ruby>。ちょっとこわそうなかおの。

F ：ああ、あの<ruby>先生<rt>せんせい</rt></ruby>。テストが<ruby>少<rt>すく</rt></ruby>ないから、わたしは<ruby>好<rt>す</rt></ruby>き。

M：へえ。でも、こわくない？

F ：ううん、かおはこわいけど、ほんとうはすごくやさしい。

M：そう、よかった。

<ruby>英語<rt>えいご</rt></ruby>の<ruby>先生<rt>せんせい</rt></ruby>はどんな<ruby>人<rt>ひと</rt></ruby>ですか。

1. やさしい<ruby>先生<rt>せんせい</rt></ruby>です。

2. こわい<ruby>先生<rt>せんせい</rt></ruby>です。

3. きれいな<ruby>先生<rt>せんせい</rt></ruby>です。

4. テストが<ruby>好<rt>す</rt></ruby>きな<ruby>先生<rt>せんせい</rt></ruby>です。

男孩和女孩正在說話。英文老師是怎麼樣的人呢？

M：京子同學，木村老師是怎麼樣的老師？

F ：木村老師？那個漂亮的法文老師？

M：不是。是男的英文老師。就是看起來有點可怕的臉的。

F ：啊，那個老師。因為考試少，所以我喜歡。

M：咦。但是，不可怕？

F ：不會，臉雖然可怕，但實際上是非常溫和的。

M：那樣啊，太好了。

英文老師是怎麼樣的人呢？

1. 溫和的老師。

2. 可怕的老師。

3. 漂亮的老師。

4. 喜歡考試的老師。

答案：1

4 ばん MP3 16

女の子とお父さんが話しています。二人が話しているどうぶつはどれですか。

F：このしゃしん、見て。かわいいでしょ？

M：山田先生？

F：ううん、山田先生のよこにいるの。右。

M：先生の子でしょ？由美ちゃんだっけ。

F：由美ちゃんは左。そうじゃなくて、右のほうの。

M：ああ、かわいいね。

F：うん。由美ちゃんのたんじょうびに、先生があげたんだって。

M：へえ。なかないからいいね。

F：ぴょんぴょんはねて、すごくかわいいの。

二人が話しているどうぶつはどれですか。

女孩和父親正在說話。二個人正在說的動物是哪一個呢？

F：這張照片，看！可愛吧？

M：山田老師？

F：不是，是在山田老師旁邊的。右邊。

M：是老師的小孩吧？是叫由美嗎？

F：由美是左邊。不是那樣，是右邊的。

M：啊，好可愛喔！

F：嗯。聽說是由美的生日時，老師送她的。

M：咦。因為不會叫，所以很好耶！

F：蹦蹦跳，超級可愛的。

二個人正在說的動物是哪一個呢？

答案：1

⑤ ばん MP3 17

<ruby>男<rt>おとこ</rt></ruby>の<ruby>人<rt>ひと</rt></ruby>と<ruby>女<rt>おんな</rt></ruby>の<ruby>人<rt>ひと</rt></ruby>がでんわで<ruby>話<rt>はな</rt></ruby>しています。<ruby>女<rt>おんな</rt></ruby>の<ruby>人<rt>ひと</rt></ruby>は<ruby>何<rt>なに</rt></ruby>をかいますか。

F：もしもし。<ruby>今<rt>いま</rt></ruby>、スーパーにいるの。れいぞうこの<ruby>中<rt>なか</rt></ruby>にぎゅうにゅう
　　はあったかしら。

M：ちょっとまって。<ruby>今<rt>いま</rt></ruby>、<ruby>見<rt>み</rt></ruby>てくる。……<ruby>一本<rt>いっぽん</rt></ruby>あるよ。

F：<ruby>一本<rt>いっぽん</rt></ruby>じゃたりないわね。こどもたちがたくさんのむから。<ruby>五本<rt>ごほん</rt></ruby>かう。

M：うん。そうだ、ビールもお<ruby>願<rt>ねが</rt></ruby>い。

F：<ruby>昨日<rt>きのう</rt></ruby>、かったじゃない？

M：<ruby>一本<rt>いっぽん</rt></ruby>じゃたりないよ。ひさしぶりに<ruby>二人<rt>ふたり</rt></ruby>でのもうよ。

F：そうね。<ruby>土<rt>ど</rt></ruby>よう<ruby>日<rt>び</rt></ruby>だもんね。じゃ、<ruby>二本<rt>にほん</rt></ruby>かうわ。

<ruby>女<rt>おんな</rt></ruby>の<ruby>人<rt>ひと</rt></ruby>は<ruby>何<rt>なに</rt></ruby>をかいますか。

1. ぎゅうにゅうを<ruby>二本<rt>にほん</rt></ruby>

2. ぎゅうにゅうを<ruby>五本<rt>ごほん</rt></ruby>

3. ぎゅうにゅうを<ruby>二本<rt>にほん</rt></ruby>とビールを<ruby>一本<rt>いっぽん</rt></ruby>

4. ぎゅうにゅうを<ruby>五本<rt>ごほん</rt></ruby>とビールを<ruby>二本<rt>にほん</rt></ruby>

男人和女人正在電話中說話。女人要買什麼呢？

F：喂喂。我現在在超級市場。冰箱裡還有牛奶吧？

M：等一下。我現在過去看。……有一瓶喔！

F：一瓶不夠吧！因為小孩們喝很多。買五瓶。

M：嗯。對了，啤酒也拜託妳。

F：昨天買了不是嗎？

M：一瓶的話不夠啦！隔很久（沒一起喝）了，二個人一起喝啦！

F：是啊。是星期六呢。那麼，買二瓶吧！

女人要買什麼呢？

1. 二瓶牛奶
2. 五瓶牛奶
3. 二瓶牛奶和一瓶啤酒
4. 五瓶牛奶和二瓶啤酒

答案：4

男の人と女の人が話しています。女の人は、これからどうしますか。

M：どうしたの？げんきがないね。

F：さいきん、ふとっちゃって。だから、ダイエットしてるの。

M：ダイエット？あまり食べてないの？

F：うん。やさいをちょっとだけ。

M：それだけ？

F：うん。

M：だめだよ。びょうきになっちゃう。たくさん食べて、よく動くのが
　　いちばんいいんだよ。

F：動く？

M：じてんしゃにのったり、歩くだけでもいいんだ。プールで泳ぐのも
　　いいよ。

F：そんなにかんたん？それならできそう。やってみる。

女の人は、これからどうしますか。

1. うんどうします。

2. たくさんねます。

3. すこししか食べません。

4. やさいをたくさん食べます。

男人和女人正在說話。女人接下來要怎麼做呢？

M：怎麼了？無精打采呢！

F：最近，變胖了。所以，正在減肥。

M：減肥？沒什麼吃嗎？

F：嗯。只吃一點點青菜。

M：就只有那樣？

F：嗯。

M：不行啦！會生病的。多吃、然後多動，才是最好的喔！

F：動？

M：騎騎腳踏車、或者只是走走路也好。在游泳池裡游泳也好喔！

F：那麼簡單？那樣的話我好像做得來。試著做做看。

女人接下來要怎麼做呢？

1. 運動。

2. 多睡。

3. 只吃一點點。

4. 吃很多蔬菜。

答案：1

7 ばん MP3 19

男の人と女の人が話しています。二人はしゅうまつ、どこですごします
か。

M：しゅうまつ、海に行かない？

F：わたし、海より山のほうが好き。

M：じゃ、山に行く？

F：でも、しゅうまつは人が多いから。うちでのんびりする。

M：せっかくの休みなのに。そうだ、先月、えき前にできたホテルに行
　　かない？大きなプールがあって、フランス料理がおいしいんだって。

F：いいけど、高いんじゃない？

M：たまにはいいよ。だって、もうすぐたんじょうびでしょ？

F：えっ、おぼえてたの？

M：もちろん。じゃ、きまりね。

F：うん。ありがとう。

二人はしゅうまつ、どこですごしますか。

男人和女人正在説話。二個人週末，要在哪裡度過呢？

M：週末，要不要去海邊？

F：我，比起海邊，比較喜歡山上。

M：那麼，去山上？

F：但是，因為週末人多。我要在家悠哉地過。

M：明明難得休假。對了，要不要去上個月車站前剛蓋好的飯店？據説有很大的
　　游泳池、法國料理很好吃。

F：好是好，但不是很貴嗎？

M：偶爾沒關係啦！因為，生日不是已經快到了嗎？

F：咦，記得喔？

M：當然。那麼，決定囉！

F：嗯。謝謝！

二個人週末，要在哪裡度過呢？

答案：2

問題 1 實戰練習（3）

もんだい1

もんだい1では、はじめに　しつもんを　きいて　ください。それから　はなしを　きいて、もんだいようしの　1から4の　なかから、いちばん　いい　ものを　ひとつ　えらんで　ください。

1 ばん MP3 20

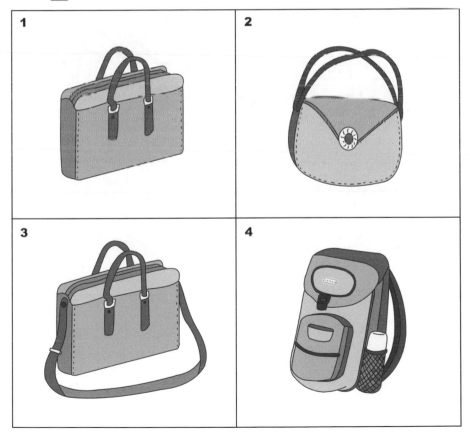

1	2

3	4

❸ばん MP3 22

1. レストランの前です。

2. レストランの中です。

3. えきの前です。

4. えきの中です。

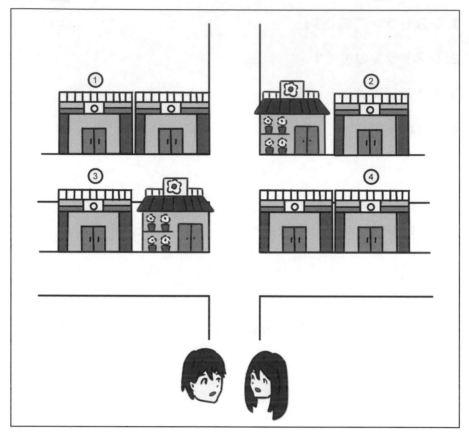

5 ばん ^{MP3}
24

1. 三本です。
<ruby>さん<rt></rt></ruby><ruby>ぼん<rt></rt></ruby>

2. 七本です。
なな ほん

3. 九本です。
きゅう ほん

4. 十本です。
じゅっぽん

6 ばん MP3 25

1. 雨でした。

2. あつかったです。

3. さむかったです。

4. すずしかったです。

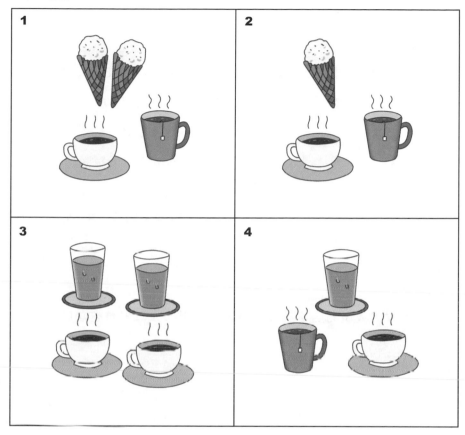

もんだい1

> 　　もんだい1では、はじめに　しつもんを　きいて　ください。そ
> れから　はなしを　きいて、もんだいようしの　1から4の　なかか
> ら、いちばん　いい　ものを　ひとつ　えらんで　ください。
>
> 　　問題1，請先聽問題。接下來聽會話，請從試題紙的1到4裡面，選出一
> 個最適當的答案。

（M：男性、男孩　F：女性、女孩）

 ばん MP3 20

男の人と女の人がお店で話しています。男の人はどれをかいますか。

M：どれがいい？

F：これはどう？山に行くときべんりよ。りょうほうの手が使えるか
　　ら。

M：ちがうよ。会社に行くとき使うんだ。

F：じゃ、これは？大きいから、たくさん入るよ。安いし。

M：高くてもだいじょうぶ。あっ、これはどう？パソコンが入る。形も
　かっこいいし。

F：すてきね。でも、その右にあるほうがいいんじゃない？手で持った
　　り、肩にかけたりできるから、べんりよ。

M：ほんとうだ。これにする。

<ruby>男<rt>おとこ</rt></ruby>の<ruby>人<rt>ひと</rt></ruby>はどれをかいますか。

....

男人和女人正在店裡説話。男人要買哪一個呢？

M：哪一個好？

F：這個如何？去山上時很方便喔！因為兩手都可以用。

M：不是啦！是要去公司時用的。

F：那麼，這個呢？因為很大，所以可以放很多東西喔！而且便宜。

M：貴也沒關係。啊，這個如何？電腦放得下。外型也酷。

F：好棒喔！但是，在那右邊的那個是不是比較好？因為既可以手拿、還可以肩
　　背，所以很方便喔！

M：真的！就決定這個。

男人要買哪一個呢？

答案：3

❷ばん MP3 21

料理の先生が話しています。どう切りますか。

F：はじめます。まず、りんごを半分に切ってください。りんごが二つ
　　になりましたか？

M：はい、なりました。

F：二つの切り方はちがいます。一つはうすく切ります。もう一つは小
　　さく切ります。うすく切るほうは、七つにしてください。もう一つ
　　は、小さく切ってください。米みたいに小さくですよ。できました
　　か。

M：できました。

どう切りますか。

烹飪的老師正在說話。要怎麼切呢？

F：現在開始。首先，請把蘋果對切。蘋果變成兩半了嗎？

M：是的，變成（兩半）了。

F：二個的切法不同。一個是切得薄薄的。另外一個是切得小小的。切成薄薄的
　　那個，請切成七份。另外一個，請切得小小的。要像米一樣小喔！完成了
　　嗎？

M：完成了。

要怎麼切呢？

答案：4

3 ばん MP3 22

<ruby>男<rt>おとこ</rt></ruby>の<ruby>人<rt>ひと</rt></ruby>と<ruby>女<rt>おんな</rt></ruby>の<ruby>人<rt>ひと</rt></ruby>が<ruby>話<rt>はな</rt></ruby>しています。<ruby>二人<rt>ふたり</rt></ruby>はどこで<ruby>会<rt>あ</rt></ruby>いますか。

M：<ruby>明日<rt>あした</rt></ruby>の<ruby>夜<rt>よる</rt></ruby>、いっしょにごはん<ruby>食<rt>た</rt></ruby>べない？

F：うん、いいよ。

M：えきの<ruby>前<rt>まえ</rt></ruby>にあるレストランはどう？<ruby>行<rt>い</rt></ruby>ったこと、ある？

F：<ruby>三<rt>さん</rt></ruby>かいくらい。

M：じゃ、レストランのばしょは<ruby>知<rt>し</rt></ruby>ってるよね。

F：うん、<ruby>一人<rt>ひとり</rt></ruby>でだいじょうぶ。

M：じゃ、<ruby>明日<rt>あした</rt></ruby>の<ruby>夜<rt>よる</rt></ruby>、お<ruby>店<rt>みせ</rt></ruby>の<ruby>中<rt>なか</rt></ruby>で<ruby>会<rt>あ</rt></ruby>おう。

F：うん。

<ruby>二人<rt>ふたり</rt></ruby>はどこで<ruby>会<rt>あ</rt></ruby>いますか。

1. レストランの<ruby>前<rt>まえ</rt></ruby>です。
2. レストランの<ruby>中<rt>なか</rt></ruby>です。
3. えきの<ruby>前<rt>まえ</rt></ruby>です。
4. えきの<ruby>中<rt>なか</rt></ruby>です。

男人和女人正在說話。二個人要在哪裡見面呢？

M：明天晚上，要不要一起吃個飯？

F ：嗯，好啊！

M：在車站前面的餐廳如何？有去過嗎？

F ：三次左右。

M：那麼，餐廳的地點知道吧！

F ：嗯，一個人（去）沒問題。

M：那麼，明天晚上，在店裡見吧！

F ：嗯。

二個人要在哪裡見面呢？

1. 餐廳前面。

2. 餐廳裡面。

3. 車站前面。

4. 車站裡面。

答案：2

4 ばん　MP3 23

男の人と女の人が話しています。スーパーはどこにありますか。

M：すみません、スーパーはどこにありますか。

F：スーパーですか。この道をまっすぐ行ってください。二つ目の道の
　　角に花屋があります。そこを右に曲がってください。

M：二つ目を右ですね。

F：ええ、そうです。その花屋のとなりです。

M：ありがとうございました。

スーパーはどこにありますか。

男人和女人正在説話。超級市場在哪裡呢？

M：不好意思，哪裡有超級市場呢？

F：超級市場嗎？請這條路直走。第二條路的轉角有花店。請在那裡右轉。

M：第二個（轉角）右轉是吧。

F：嗯，是的。那個花店的旁邊。

M：謝謝您。

超級市場在哪裡呢？

答案：2

⑤ ばん MP3 24

お父さんと女の子が話しています。女の子はペンをいくつかいますか。

F：先生が、明日、赤とか青とか色のペンを十本もってきなさいって。

M：どうして？

F：みんなで絵をかくの。

M：じゃ、かわなきゃな。十本？

F：ううん、わたしはもう三本もってるから、あと七本でいい。

M：じゃ、ピンクとか黄色とかきれいな色のペンをえらびなさい。

F：はい。

女の子はペンをいくつかいますか。

1. 三本です。
2. 七本です。
3. 九本です。
4. 十本です。

父親和女孩正在說話。女孩要買幾支筆呢？

F ：老師說，明天帶紅啦、藍啦等等色筆十支過來。

M：為什麼？

F ：大家要畫圖。

M：那麼，不買不行囉。十支？

F ：不，我已經有三支，所以再七支就好。

M：那麼，就選粉紅啦、黃色啦等等顏色漂亮的筆。

F ：好的。

女孩要買幾支筆呢？

1. 三支。

2. 七支。

3. 九支。

4. 十支。

答案：2

<ruby>男<rt>おとこ</rt></ruby>の<ruby>人<rt>ひと</rt></ruby>と<ruby>女<rt>おんな</rt></ruby>の<ruby>人<rt>ひと</rt></ruby>が<ruby>話<rt>はな</rt></ruby>しています。<ruby>昨日<rt>きのう</rt></ruby>はどんな<ruby>天気<rt>てんき</rt></ruby>でしたか。

M：<ruby>今日<rt>きょう</rt></ruby>はあたたかくていい<ruby>天気<rt>てんき</rt></ruby>だね。

F：うん。<ruby>昨日<rt>きのう</rt></ruby>はひどかったものね。

M：<ruby>風<rt>かぜ</rt></ruby>がたくさんふいて、さむかった。

F：でも、<ruby>雨<rt>あめ</rt></ruby>がふらなくてよかった。<ruby>雨<rt>あめ</rt></ruby>だったら、かぜひいてたかも。

M：そうだね。

<ruby>昨日<rt>きのう</rt></ruby>はどんな<ruby>天気<rt>てんき</rt></ruby>でしたか。

1. <ruby>雨<rt>あめ</rt></ruby>でした。

2. あつかったです。

3. さむかったです。

4. すずしかったです。

男人和女人正在說話，昨天是怎麼樣的天氣呢？

M：今天很暖和，天氣很好耶！

F：嗯。昨天很糟糕呢！

M：風吹得兇，好冷。

F：但是，沒下雨真是太好了。要是下雨的話，說不定會感冒。

M：是啊！

昨天是怎麼樣的天氣呢？

1. 雨天。

2. 很熱。

3. 很冷。

4. 很涼爽。

答案：3

お母さんと男の子が話しています。二人は何をたのみますか。

F：何にする？

M：あたたかい紅茶。お母さんは？

F：コーヒーにするわ。

M：あっ、アイスクリームがあるよ。おいしそう。食べてもいい？

F：いいわよ。でも、紅茶は？

M：紅茶も飲む。お母さんもアイスクリーム、ほしい？

F：お母さんはいいわ。たかしのをちょっともらうから。

M：うん、いいよ。

二人は何をたのみますか。

母親和男孩正在説話。二個人要點什麼呢？

F：決定要什麼呢？

M：熱紅茶。媽媽呢？

F：就咖啡吧！

M：啊，有冰淇淋耶！看起來好好吃。可以吃嗎？

F：好啊！但是，紅茶呢？

M：紅茶也喝。媽媽也想要冰淇淋？

F：媽媽不用。因為拿小隆的一點點就好。

M：嗯，好啊！

二個人要點什麼呢？

答案：2

1 どうして　為什麼

　　「どうして」和「なぜ」（為什麼）一樣，都是問別人理由或原因的疑問詞。一般會話、口語上，較常使用「どうして」。

・どうしてちこくしましたか。

　為什麼遲到了呢？

・どうして食べないの？

　為什麼不吃呢？

・田中くんは昨日どうして休みましたか。

　田中同學昨天為什麼請假了呢？

2 **じゃない** 不是……／不是……嗎？／是不是……？（表示否定
    或肯定等）

　　「……じゃない」是「……ではない」的口語説法。根據前後文
的不同，意思也不大一樣。有時候表示否定，意為「不是……」；有
時候表示肯定，意為「不是……嗎？」；也有「是不是……？」的意
思，此時表示否定疑問。

　　其實只要仔細聽聽句尾，就可以分別：①如果句尾用上升語調
的話，一定是「否定疑問」，翻譯成「是不是……？」，例如下面的
第二個例子。②如果句尾使用下降語調，有二個可能性，一為「肯
定」，翻譯成「不是……嗎？」，例如下面的第三個例子。還有另一
個為「否定」，翻譯成「不是……」，例如下面的第一個例子。請多
聽以下的句子，訓練您的聽力吧。

・F ：かみなり？

　M：ううん、かみなりじゃない。たいこの音だよ。【表示否定】

　F ：打雷？

　M：不，不是打雷。是大鼓的聲音唷。

・F ：かみなりじゃない？【表示否定疑問】

　M：うん、かみなり。

　F ：是不是打雷？

　M：嗯，是打雷。

・かみなりじゃない。どうしよう。【表示肯定】

　打雷耶。怎麼辦？

3 ……中 整個、全（空間、範圍）/ 整整（時間、期間）

　　有二種不同的意思。一個與表示範圍或場所的語彙一起使用，表示「在其整個範圍之內」。另外一個則與表示時間或期間的語彙一起使用，表示「在此期間內一直」。但有一個唸法要特別注意，是「午前中」裡的「中」要唸成「ちゅう」。請特別注意。

・かのじょはがっこう中でいちばんきれいです。【表示範圍】

　她在整個學校裡最漂亮。

・にちようび、父は一日中しごとをしていました。【表示期間】

　星期日，父親一整天都在工作。

・タイは一年中あついです。【表示期間】

　泰國一整年都很熱。

4 ……中 正在……（持續狀態）/ ……期間（時間、期間）

　　這也有二種不同的意思。一個表示「正在做什麼」或「某個狀態正在持續的過程中」。另外一個與表示時間的名詞一起使用，表示「在某一時間內」，上一個句型中提醒的「午前中」，就是其中一個例子。

・しゃちょうはがいしゅつ中です。【表示持續狀態】

　社長外出中。

・先生は今、でんわ中です。【表示持續狀態】

　老師現在正在電話中。

・午前中、ずっとべんきょうしていました。【表示期間】

　整個上午，一直在唸書。

5 **くらい、ぐらい　大約……、……左右**

　　　接在表示數量的語彙後，表示大致的時間或數量。如果要表示日期或時間時，以「……くらい<u>に</u>」、「……ぐらい<u>に</u>」的形式出現。與之相似的詞語還有「ほど」（大約），但「くらい（ぐらい）」口語性更強。

・一<ruby>時間<rt>じ かん</rt></ruby>くらい<ruby>待<rt>ま</rt></ruby>ちました。

　　等了一個小時左右。

・これは<ruby>五百円<rt>ご ひゃくえん</rt></ruby>くらいかな。

　　這是五百日圓左右嗎？

・<ruby>四時<rt>よ じ</rt></ruby>ぐらいに<ruby>来<rt>き</rt></ruby>てください。

　　請在四點左右來。

6 **ちょっと　稍微、一點點**

　　　「ちょっと」是「すこし」的口語説法，表示數量少、程度低。因為會話裡常出現，所以請多了解它的用法吧。

・ちょっと<ruby>食<rt>た</rt></ruby>べてみて。

　　請稍微吃吃看。

・ちょっとかしてください。

　　請稍微借我一下。

・<ruby>日本語<rt>に ほん ご</rt></ruby>はちょっと<ruby>話<rt>はな</rt></ruby>せます。

　　稍微會説一點日文。

7 など　……等等、……什麼的、……之類的

　　多以「〜や〜や〜など」（〜或〜或〜等等）的形式出現，表示部分列舉。偶爾也會出現更口語的説法「なんか」（〜等等），但N5以「など」的説法較多。

・わたしはバナナやりんごなどが好きです。

　　我喜歡香蕉或蘋果等等。

・日本語やかんこく語や英語などが話せます。

　　我會説日文、韓文或英文等等。

・これなどどうですか。

　　這個之類的怎麼樣呢？

8 じゃあ　那麼……

　　「じゃあ」是「では」的口語説法。在聽解的會話裡常出現，意思為「那麼……」。有時候會依個人習慣變短成為「じゃ」，但意思一樣。

・じゃあ、じゅぎょうを始めましょう。

　　那麼，開始上課吧。

・じゃあ、つぎのページを開いてください。

　　那麼，請翻開下一頁。

・じゃあ、また明日。

　　那麼，明天見。

時間篇

1 年 2 名 年

～年 接尾 ～年	十一年 4 名 十一年
一年 2 名 一年	百年 2 名 一百年
二年 1 名 二年	千年 1 名 一千年
三年 0 名 三年	何年 1 名 幾年
四年 0 名 四年	今年 0 名 今年
五年 0 名 五年	来年 0 名 明年
六年 2 名 六年	去年 1 名 去年
七年／七年 2／2 名 七年	おととし 2 名 前年
八年 2 名 八年	一年前 4 名 一年前
九年 1 名 九年	三年後 5 名 三年後
十年 1 名 十年	毎年／毎年 0／0 名 毎年

2 月 2 名 月份

〜月 接尾 〜月

一月 4 名 一月

二月 3 名 二月

三月 1 名 三月

四月 3 名 四月

五月 1 名 五月

六月 4 名 六月

七月 4 名 七月

八月 4 名 八月

九月 1 名 九月

十月 4 名 十月

十一月 6 名 十一月

十二月 5 名 十二月

何月 1 名 幾月

〜か月 接尾 〜個月

一か月 3 名 一個月

二か月 2 名 二個月

三か月 3 名 三個月

四か月 3 名 四個月

五か月 2 名 五個月

六か月 3 名 六個月

七か月 3 名 七個月

八か月 3 名 八個月

九か月 3 名 九個月

十か月 / 十か月 3 / 3 名 十個月

十一か月 5 名 十一個月

十二か月 4 名 十二個月

何か月 3 名 幾個月

今月 0 名 這個月

先月 1 名 上個月

来月 1 名 下個月

毎月 / 毎月 0 / 1 名 每個月

3 日 （ひ） 1 名 日期

～日 接尾 ～日、～號

一日 （ついたち） 0 名 一日、一號

二日 （ふつか） 0 名 二日、二號

三日 （みっか） 0 名 三日、三號

四日 （よっか） 0 名 四日、四號

五日 （いつか） 0 名 五日、五號

六日 （むいか） 0 名 六日、六號

七日 （なのか） 0 名 七日、七號

八日 （ようか） 0 名 八日、八號

九日 （ここのか） 4 名 九日、九號

十日 （とおか） 0 名 十日、十號

十一日 （じゅういちにち） 6 名 十一日、十一號

十二日 （じゅうににち） 5 名 十二日、十二號

二十日 （はつか） 0 名 二十日、二十號

三十日 （さんじゅうにち） 3 名 三十日、三十號

三十一日 （さんじゅういちにち） 1 名 三十一日、三十一號

何日 （なんにち） 1 名 幾日、幾號

今日 （きょう） 1 名 今天

昨日 （きのう） 2 名 昨天

明日 （あした） 3 名 明天

おととい 3 名 前天

あさって 2 名 後天

毎日 （まいにち） 1 名 每天

4 週 1 名 週

一週間 3 名 一個星期

二週間 2 名 二個星期

三週間 3 名 三個星期

四週間 3 名 四個星期

五週間 2 名 五個星期

六週間 3 名 六個星期

七週間 3 名 七個星期

八週間 3 名 八個星期

九週間 3 名 九個星期

十週間／十週間 3／3 名 十個星期

十一週間 5 名 十一個星期

十二週間 4 名 十二個星期

先週 0 名 上週

今週 0 名 本週

来週 0 名 下週

毎週 0 名 每週

5 時 2 名 時間、時候

〜時 接尾 〜點鐘

時間 0 名 時間

時計 0 名 鐘錶

一時 2 名 一點

二時 1 名 二點

三時 1 名 三點

四時 1 名 四點

五時 1 名 五點

六時 2 名 六點

七時 2 名 七點

八時 2 名 八點

九時 1 名 九點

十時 1 名 十點

十一時 4 名 十一點

十二時 3 名 十二點

何時 1 名 幾點

6 分 1 名 分

~分 接尾 ~分

いっ ぷん
一分 1 名 一分

に ふん
二分 1 名 二分

さん ぷん
三分 1 名 三分

よん ぷん
四分 1 名 四分

ご ふん
五分 1 名 五分

ろっ ぷん
六分 1 名 六分

なな ふん
七分 2 名 七分

はっ ぷん
八分 1 名 八分

きゅう ふん
九分 1 名 九分

じゅっぷん　じっ ぷん
十分 / 十分 1 / 1 名 十分

じゅういち ぷん
十一分 3 名 十一分

じゅう に ふん
十二分 3 名 十二分

に じゅっぷん
二十分 2 名 二十分

さんじゅっぷん
三十分 3 名 三十分

なん ぷん
何分 1 名 幾分

7 秒 1 名 秒

~秒 接尾 ~秒

いちびょう
一秒 2 名 一秒

に びょう
二秒 1 名 二秒

さんびょう
三秒 1 名 三秒

よんびょう
四秒 1 名 四秒

ご びょう
五秒 1 名 五秒

ろくびょう
六秒 2 名 六秒

ななびょう
七秒 2 名 七秒

はち びょう
八秒 2 名 八秒

きゅうびょう
九秒 1 名 九秒

じゅうびょう
十秒 1 名 十秒

じゅういち びょう
十一秒 4 名 十一秒

じゅう に びょう
十二秒 3 名 十二秒

に じゅうびょう
二十秒 2 名 二十秒

さんじゅうびょう
三十秒 3 名 三十秒

なんびょう
何秒 1 名 幾秒

8 半 1 名 （～點）半

半分 3 名 一半

半日 0 名 半天

一時半 4 名 一點半

二時半 3 名 二點半

三時半 4 名 三點半

四時半 3 名 四點半

五時半 3 名 五點半

六時半 4 名 六點半

七時半 4 名 七點半

八時半 4 名 八點半

九時半 3 名 九點半

十時半 4 名 十點半

十一時半 6 名 十一點半

十二時半 5 名 十二點半

何時半 4 名 幾點半

9 曜日 0 名 星期

月曜日 3 名 星期一

火曜日 2 名 星期二

水曜日 3 名 星期三

木曜日 3 名 星期四

金曜日 3 名 星期五

土曜日 2 名 星期六

日曜日 3 名 星期日

何曜日 3 名 星期幾

10 他 {ほか} 0 名 其他、另外

今 {いま} 1 名 現在、目前

さっき 1 名 剛才

今朝 {けさ} 1 名 今天早上

今晩 {こんばん} 1 名 今天晚上

午前 {ごぜん} 1 名 上午

午後 {ごご} 1 名 下午

朝 {あさ} 1 名 早上

昼 {ひる} 2 名 中午

夜 {よる} 1 名 晚上

毎朝 {まいあさ} 1 0 名 每天早上

毎晩 {まいばん} 1 0 名 每天晚上

夕がた {ゆう} 0 名 傍晚

いつ 1 代 什麼時候

いつか 1 副 總有一天、遲早

ときどき 4 副 偶爾

いつも 1 副 經常、常常

ずっと 3 副 一直

第 13～18 天

問題2「重點理解」

考試科目 （時間）	題型			
		大題	內容	題數
聽解 30 分 鐘	1	課題理解	聽取具體的資訊，選擇適當的答案，測驗是否理解接下來該做的動作	7
	2	重點理解	先提示問題，再聽取內容並選擇正確的答案，測驗是否能掌握對話的重點	6
	3	說話表現	邊看圖邊聽說明，選擇適當的話語	5
	4	即時應答	聽取單方提問或會話，選擇適當的回答	6

問題 2 注意事項

✱「問題2」會考什麼？

先提示問題，再聽取內容並選擇正確的答案，本大題測驗是否能掌握對話的重點。最常出現的問題是「どうして」（為什麼）、「なに」（什麼），除了要考生找出事情發生的原因、理由或對象之外，偶爾也會出現「どこに」（在哪裡）、「いつ」（什麼時候）、「どの」（哪一個）等問題。

✱「問題2」的考試形式？

答題方式為先聽問題，然後才看試題本上的圖案或文字選項。所以一開始聽的時候，要先掌握被問的是原因或對象等，再用刪除法決定答案。共有六個小題。

✱「問題2」會怎麼問？ **MP3 29**

・男の人と女の人が話しています。男の人は、これからどこに行きますか。

男人和女人正在說話。男人接下來去哪裡呢？

・二人の学生が話しています。先生はどうして来ませんか。

二個學生正在說話。老師為什麼沒有來呢？

・男の人と女の人が話しています。二人はいつ会いますか。

男人和女人正在說話。二個人什麼時候見面呢？

問題 2 實戰練習（1）

もんだい2

> もんだい2では　はじめに、しつもんを　きいて　ください。それ
> から　はなしを　きいて、もんだいようしの　1から4の　なかか
> ら、いちばん　いい　ものを　ひとつ　えらんで　ください。

 ばん

② ばん MP3 31

1. せんたくします。

2. へやをそうじします。

3. べんきょうします。

4. えいがを見ます。

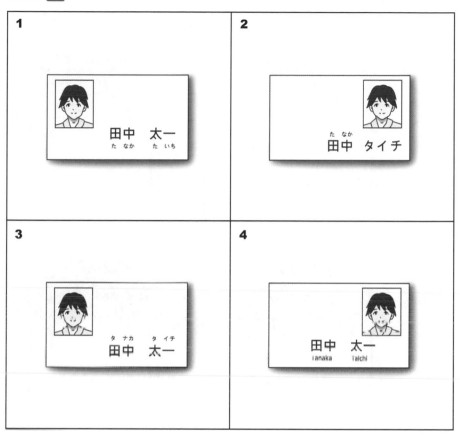

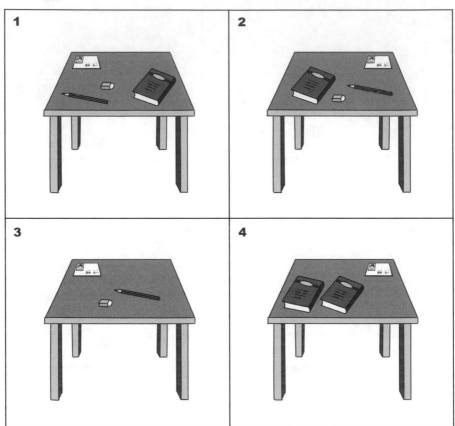

ばん MP3 34

1. すし

2. 肉
   <small>にく</small>

3. カレーライス

4. ラーメン

ばん MP3 35

1. 二かい

2. 三がい

3. 四かい

4. 五かい

問題 2 實戰練習（1）解析

もんだい2

> もんだい2では　はじめに、しつもんを　きいて　ください。それから　はなしを　きいて、もんだいようしの　1から4の　なかから、いちばん　いい　ものを　ひとつ　えらんで　ください。
>
> 問題2請先聽問題。接下來聽會話，從試題紙的1到4當中，選出一個最適當的答案。

（M：男性、男孩　F：女性、女孩）

① ばん

男の子と女の子が話しています。男の子のカメラはどこにありましたか。

M：お姉ちゃん、ぼくのカメラ、知らない？

F：カメラ？テーブルとか机の上とかにないの？

M：ない。

F：朝、使ってたでしょう。そのあと、どこで何をしたか思い出して。

M：テレビを見たあと、いすに座って本を読んで……。

F：じゃ、いすの上は？

M：ない。……あった。そっか、本を取りに行ったとき、たなの上においたんだ。

男の子のカメラはどこにありましたか。

男孩和女孩正在說話。男孩的相機在哪裡呢？

M：姊姊，我的相機，知不知道（在哪裡）？

F ：相機？沒在餐桌或是書桌上嗎？

M：沒有。

F ：早上，用了不是嗎？回想在那之後，在哪裡又做了什麼。

M：看了電視以後，坐在椅子上看書……。

F ：那麼，椅子上面呢？

M：沒有。……有了。對了，去拿書的時候，放在架上了。

男孩的相機在哪裡呢？

答案：3

❷ ばん

男の人と女の人が話しています。女の人は明日の午後、何をしますか。

M：明日の午後、いっしょにえいがを見に行きませんか。

F：すみません、明日の午後はちょっと……。

M：べんきょうですか。

F：朝はべんきょうします。でも、午後は母がびょうきなので、へやを
　　そうじします。

M：一人でたいへんですね。

F：いいえ、妹がいます。妹はせんたくをします。

M：そうですか。

女の人は明日の午後、何をしますか。

1. せんたくします。

2. へやをそうじします。

3. べんきょうします。

4. えいがを見ます。

男人和女人正在說話。女人明天下午，要做什麼呢？

M：明天下午，要不要一起去看電影呢？

F ：不好意思，明天下午有點⋯⋯。

M：讀書嗎？

F ：早上要讀書。但是，下午因為媽媽生病，所以要打掃房間。

M：一個人很辛苦吧！

F ：不，妹妹在。妹妹要洗衣服。

M：那樣啊！

女人明天下午，要做什麼呢？

1. 洗衣服。

2. 打掃房間。

3. 讀書。

4. 看電影。

答案：2

男の人がめいしを作ります。男の人のめいしはどれですか。

M：めいしを作りたいんですが……。

F：はい。どんなめいしがいいですか。

M：かおのしゃしんは左においてください。

F：はい。なまえはぜんぶ漢字がいいですか。

M：そうですね。でも、読みかたを入れてください。

F：はい、読みかたはひらがなですか。

M：カタカナにしてください。下に入れないでください。上に入れてください。

F：わかりました。

男の人のめいしはどれですか。

....

男人要印名片。男人的名片是哪一個呢？

M：我想印名片……。

F：好的。什麼樣的名片好呢？

M：大頭照請放在左邊。

F：好的。名字全部漢字好嗎？

M：那樣啊！但是，請加讀法。

F：好的，讀法是平假名嗎？

M：請用片假名。請不要放在下面。請放在上面。

F：知道了。

男人的名片是哪一個呢？

答案：3

先生が学生に話しています。田中くんのつくえはどれですか。

F：これからテストをはじめます。本をかばんの中に入れてください。

M：はい。

F：つくえの上はえんぴつと消しゴムだけですよ。

M：学生しょうは？

F：そうでしたね。学生しょうはつくえの右上においてください。……
　　田中くん、本をかばんの中に入れてください。

M：すみません。

田中くんのつくえはどれですか。

老師正對學生說話。田中同學的桌子是哪一個呢？

F：接下來開始考試。請把書放到包包裡。

M：好的。

F：桌上只有鉛筆和橡皮擦喔！

M：學生證呢？

F：對喔！學生證請放在桌子的右上角。……田中同學，請把書放到包包裡。

M：對不起。

田中同學的桌子是哪一個呢？

答案：2

5 ばん MP3 34

男の人と女の人がレストランで話しています。女の人は何を食べますか。

M：いろいろありますね。

F：ええ、日本のものも外国のものもあります。

M：ラーメンはどうですか？わたしはラーメンにします。

F：わたしはめんよりごはんが好きです。

M：じゃ、カレーライスはどうですか？中に肉ややさいがあります。

F：わたしは肉が好きじゃありません。魚が好きです。

M：じゃ、これはどうですか。

F：そうですね。生の魚はおいしいです。これがいいです。

女の人は何を食べますか。

1. すし
2. 肉
3. カレーライス
4. ラーメン

男人和女人正在餐廳説著話。女人要吃什麼呢？

M：各式各樣都有耶！

F：是的，日本的東西、外國的東西都有。

M：拉麵如何呢？我要拉麵。

F：比起麵，我更喜歡飯。

M：那麼，咖哩飯如何呢？裡面有肉或蔬菜。

F：我不喜歡肉。喜歡魚。

M：那麼，這個如何呢？

F：是啊！生的魚很好吃。這個好。

女人要吃什麼呢？

1. 壽司

2. 肉

3. 咖哩飯

4. 拉麵

答案：1

6 ばん MP3 35

男の人と女の人が話しています。女の人はどこでくつをかいますか。

M：たのしそうだね。

F：うん、たのしい。

M：ぼくはつまらないよ。かいたいものがない。

F：じゃ、四かいに行ったら？本屋さんがあるわよ。

M：うん、じゃ、いっしょに四かいに行こう。

F：わたしはくつをかいに行くから、一人で行って。

M：わかった。くつ屋さんはどこ？

F：本屋さんの下のかい。

M：じゃ、あとで行くね。

女の人はどこでくつをかいますか。

1. 二かい
2. 三がい
3. 四かい
4. 五かい

男人和女人正在説話。女人在哪裡買鞋子呢？

M：看起來很開心呢！

F ：嗯，很開心。

M：我很無聊耶！沒有想要買的東西。

F ：那麼，去四樓呢？有書店喔！

M：嗯，那麼，一起去四樓吧！

F ：我要去買鞋子，所以（你）一個人去。

M：知道了。鞋店在哪裡？

F ：書店的下面的樓層。

M：那麼，等一下去喔。

女人在哪裡買鞋子呢？

1. 二樓

2. 三樓

3. 四樓

4. 五樓

答案：2

▶▶▶ 問題 2 實戰練習（2）

もんだい2

もんだい2では　はじめに、しつもんを　きいて　ください。それから　はなしを　きいて、もんだいようしの　1から4の　なかから、いちばん　いい　ものを　ひとつ　えらんで　ください。

1 ばん MP3 36

1	2
月曜日	木曜日

3	4
金曜日	日曜日

② ばん

1. しごとをすることです。

2. えいがを見ることです。

3. えをかくことです。

4. うんどうすることです。

3 ばん MP3 38

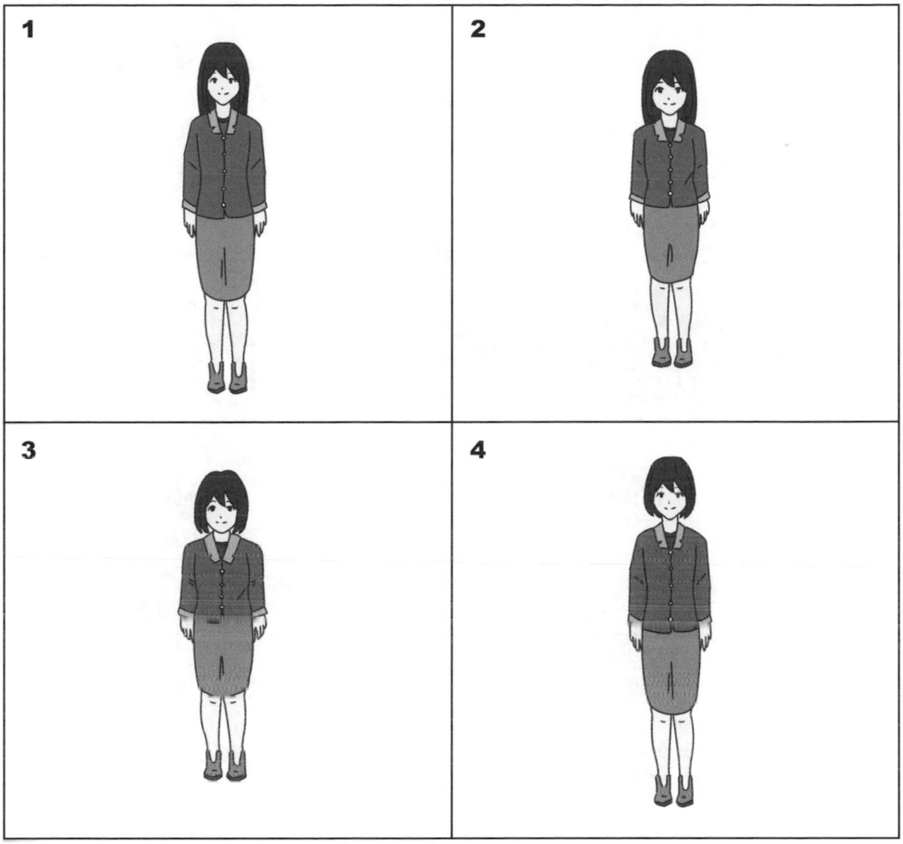

5 ばん

1. じてんしゃです。

2. バイクです。

3. でんしゃです。

4. バスです。

1	2
3	4

もんだい2

> もんだい2では　はじめに、しつもんを　きいて　ください。そ
> れから　はなしを　きいて、もんだいようしの　1から4の　なかか
> ら、いちばん　いい　ものを　ひとつ　えらんで　ください。
>
> 問題2請先聽問題。接下來聽會話，從試題紙的1到4當中，選出一個最適當的答案。

（M：男性、男孩　F：女性、女孩）

1ばん MP3 36

男の人と女の人が話しています。二人は何よう日に行きますか。

M：明日、いっしょに飲みにいきませんか。

F：明日ですか？うちの会社は休みの次の日、とても忙しいんです。

M：じゃ、来週の日よう日はどうですか。

F：来週のしゅうまつは、かぞくとおんせんに行くんです。

M：そうですか。じゃ、休みの前の日はどうですか？

F：それなら、おそくまで飲めますね。

M：じゃ、その日にしましょう。

F：はい。

二人は何よう日に行きますか。

男人和女人正在説話。二個人要星期幾去呢？

M：明天，要不要一起去喝一杯呢？

F：明天嗎？我們公司休假的第二天，都非常地忙。

M：那麼，下週的星期天如何呢？

F：下週的週末，要和家人去洗溫泉。

M：那樣啊！那麼，休假前的日子如何呢？

F：那樣的話，就可以喝到很晚呢！

M：那麼，就決定那天吧！

F：好的。

二個人要星期幾去呢？

答案：3

②ばん MP3 37

女の人が話しています。女の人は何がいちばん好きですか。

M：山下さん、じこしょうかいをしてください。

F：はい。みなさん、はじめまして。山下洋子です。しゅみはえいがを見たり、おんがくをきいたり、えをかくことです。りょうりをすることも好きです。

M：しゅみがたくさんありますね。

F：ええ。でも、いちばん好きなことは、しごとをすることです。前の会社のときも、休みの日は会社でしごとをしていました。まだまだわからないことがたくさんありますが、どうぞよろしくお願いします。

女の人は何がいちばん好きですか。

1. しごとをすることです。

2. えいがを見ることです。

3. えをかくことです。

4. うんどうすることです。

女人正在説話。女人最喜歡什麼呢？

M：山下小姐，請自我介紹。

F ：好的。大家好，初次見面。我是山下洋子。興趣是看看電影、聽聽音樂、畫
　　畫圖。也喜歡做菜。

M：興趣很多元呢！

F ：是的。但是，最喜歡的事情是工作。在之前的公司時，也是放假都在公司工
　　作。雖然不懂的事情還有很多，但是請多多指教。

女人最喜歡什麼呢？

1. 工作。

2. 看電影。

3. 畫圖。

4. 運動。

答案：1

3 ばん MP3 38

男の人と女の人が話しています。山田さんのおねえさんはどれですか。

M：あれ、山田さんのおねえさんじゃない？

F：どこ？

M：入口にいる女の人。

F：女の人は五人いるわよ。どの人？

M：えっ？今村さん、山田さんのおねえさんに会ったことがないの？自分の彼氏のおねえさんなのに。

F：まだ彼のうちに行ったことがないもの。ねえ、どの人？

M：かみが長くて、細い人。ほら、あそこにいる人の中でいちばん背が高い。

F：へえ、きれいな人ね。

山田さんのおねえさんはどれですか。

男人和女人正在說話。山田先生的姊姊是哪一個呢？

M：咦，那不是山田先生的姊姊嗎？

F：哪裡？

M：在入口的女人。

F：女人有五個耶！哪一個人？

M：咦？今村小姐，沒見過山田先生的姊姊嗎？明明是自己的男朋友的姊姊。

F：因為我還沒有去過他家裡。喂，哪一個人？

M：頭髮長長的、瘦瘦的人。看，在那裡的人當中身高最高的。

F：咦，很漂亮的人耶！

山田先生的姊姊是哪一個呢？

答案：1

お父さんと女の子が話しています。女の子はどれがしたいですか。

M：来年は高校生だな。スポーツは何がしたい？

F：泳ぐのはもう上手になったから、たくさん走るのがいいな。

M：マラソンか？

F：ううん、ただ走るのはつまらないよ。ボールをけったり、走ったりするの。かっこいいよ。

M：あれか。すごく人気があるもんな。となりのうちの太郎くんもやってるだろう？

F：うん、太郎くん、いろいろ教えてくれるって。

M：そうか。楽しみだな。

女の子はどれがしたいですか。

父親和女孩正在説話。女孩想做哪一個呢？

M：明年就是高中生了哪！想做什麼運動呢？

F：游泳已經變得很厲害了，所以多跑步好。

M：馬拉松嗎？

F：不，只有跑步太無聊了！要踢踢球、跑跑步的。很酷喔！

M：那個啊！很受歡迎呢！隔壁家的太郎同學也在踢吧？

F：嗯，太郎同學説會教我各式各樣的。

M：那樣啊！很期待吧！

女孩想做哪一個呢？

答案：3

<ruby>男<rt>おとこ</rt></ruby>の<ruby>人<rt>ひと</rt></ruby>と<ruby>女<rt>おんな</rt></ruby>の<ruby>人<rt>ひと</rt></ruby>が<ruby>話<rt>はな</rt></ruby>しています。<ruby>女<rt>おんな</rt></ruby>の<ruby>人<rt>ひと</rt></ruby>は<ruby>会社<rt>かいしゃ</rt></ruby>まで<ruby>何<rt>なに</rt></ruby>で<ruby>来<rt>き</rt></ruby>ましたか。

M：おはようございます。<ruby>今日<rt>きょう</rt></ruby>はいつもより<ruby>早<rt>はや</rt></ruby>いですね。

F：ええ、<ruby>車<rt>くるま</rt></ruby>がこわれちゃったんで、じてんしゃで<ruby>来<rt>き</rt></ruby>ました。

M：じてんしゃですか？<ruby>遠<rt>とお</rt></ruby>いでしょう？

F：うちから<ruby>会社<rt>かいしゃ</rt></ruby>までだいたい<ruby>一時間<rt>いちじかん</rt></ruby>くらいです。

M：でんしゃのほうがいいのに。

F：でも、<ruby>楽<rt>たの</rt></ruby>しかったですよ。<ruby>六時<rt>ろくじ</rt></ruby>にうちを<ruby>出<rt>で</rt></ruby>て、とちゅうこうえんで<ruby>休<rt>やす</rt></ruby>みました。そして、きっさてんでコーヒーも<ruby>飲<rt>の</rt></ruby>んで、ゆっくり<ruby>会社<rt>かいしゃ</rt></ruby>まで<ruby>来<rt>き</rt></ruby>ました。

M：そうですか。

<ruby>女<rt>おんな</rt></ruby>の<ruby>人<rt>ひと</rt></ruby>は<ruby>会社<rt>かいしゃ</rt></ruby>まで<ruby>何<rt>なに</rt></ruby>で<ruby>来<rt>き</rt></ruby>ましたか。

1. じてんしゃです。

2. バイクです。

3. でんしゃです。

4. バスです。

男人和女人正在説話。女人用什麼方法來公司的呢？

M：早安。今天比平常早耶！

F：是的，因為車子壞掉了，所以騎腳踏車來的。

M：腳踏車嗎？很遠吧！

F：從家裡到公司大約一個小時左右。

M：明明電車比較好。

F：但是，很開心喔！六點出家門，中途在公園休息了。然後，在咖啡廳也喝了
　　咖啡，慢慢地到公司來。

M：那樣啊！

女人用什麼方法到公司的呢？

1. 腳踏車。

2. 機車。

3. 電車。

4. 巴士。

答案：1

6 ばん MP3 41

男の人と女の人が話しています。女の人はどれをかいますか。

F ：父のたんじょうびプレゼントをかうの。いっしょにえらんでくれ
　　る？

M ：いいよ。恵美ちゃんのお父さん、お酒が好きだよね。これはどう？

F ：だめ。さいきん胃がわるくて。びょういんの先生が、飲んじゃだめ
　　だって。

M ：そう。じゃ、サングラスは？これ、かっこいいよ。

F ：たくさんもってる。そうだ、ズボンなんかどう？

M ：ズボンはサイズがわからないと、むずかしいよ。

F ：だったらシャツは？

M ：シャツか。いいかも。

F ：服なら、お父さんよろこぶと思う。

女の人はどれをかいますか。

男人和女人正在說話。女人要買哪一個呢？

F：我要買父親的生日禮物。可以幫我一起選嗎？

M：好啊！惠美小姐的父親喜歡酒吧！這個如何呢？

F：不行。最近胃不好，醫院的醫生說不可以喝。

M：那樣啊！那麼，太陽眼鏡呢？這個，很酷喔！

F：有很多了。對了，褲子之類的如何？

M：褲子尺寸要是不知道的話，太難了啦！

F：那樣的話襯衫呢？

M：襯衫嗎？說不定不錯。

F：衣服的話，我想父親會很高興的。

女人要買哪一個呢？

答案：1

もんだい2

> もんだい2では　はじめに、しつもんを　きいて　ください。そ
> れから　はなしを　きいて、もんだいようしの　1から4の　なかか
> ら、いちばん　いい　ものを　ひとつ　えらんで　ください。

ばん **MP3 42**

1. けしきです。

2. どうぶつです。

3. 人です。
　ひと

4. でんしゃです。

2 ばん MP3 43

1. ゴルフです。

2. りょうりです。

3. えいごのべんきょうです。

4. すいえいです。

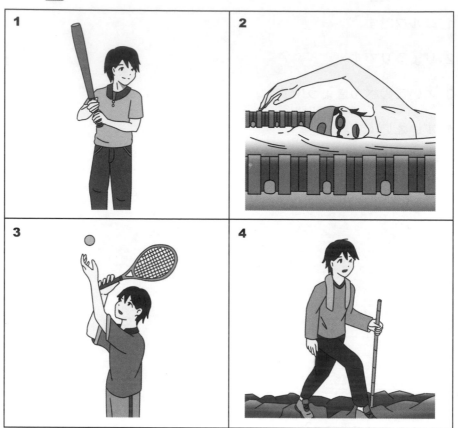

❹ばん **MP3 45**

1. ぎゅうにくです。

2. ぎゅうにゅうです。

3. 魚（さかな）です。

4. やさいです。

5 ばん MP3 46

1 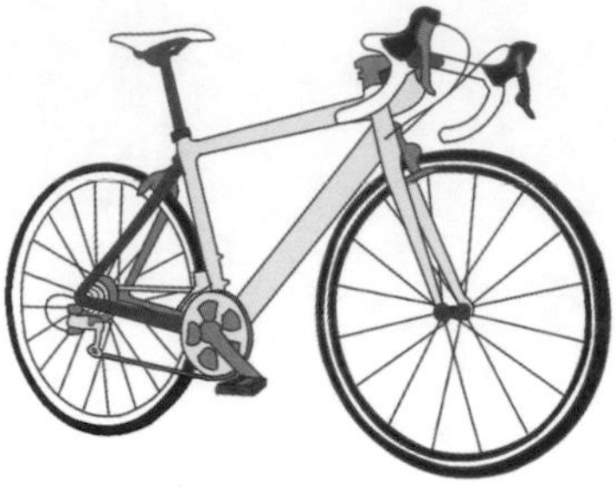	2 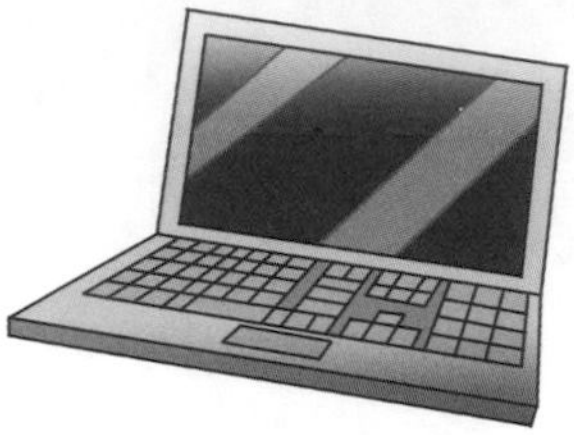
3 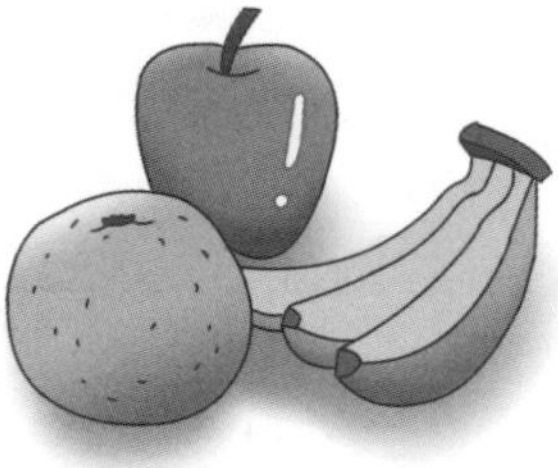	4 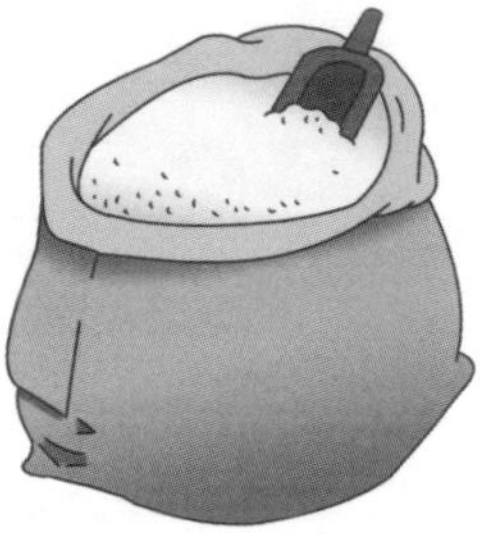

6 ばん MP3 **47**

1. テニスです。

2. しごとです。

3. そうじです。

4. りょうりです。

もんだい2

> 　　もんだい2では　はじめに、しつもんを　きいて　ください。そ
> れから　はなしを　きいて、もんだいようしの　1から4の　なかか
> ら、いちばん　いい　ものを　ひとつ　えらんで　ください。
>
> 　　問題2請先聽問題。接下來聽會話，從試題紙的1到4當中，選出一個最
> 適當的答案。

（M：男性、男孩　F：女性、女孩）

1ばん

おとこ ひと おんな ひと はな
男の人と女の人が話しています。男の人はどんなえをかきますか。

F：すてきなえですね。

M：ありがとうございます。

F：えっ、大山さんがかいたんですか。
　　おおやま

M：いえ、このえはつまが……。つまはもう二十年くらいえをならって
　　　　　　　　　　　　　　　　　　　　　　　　　に じゅうねん
　　いるんですよ。つまは人とかどうぶつとかをよくかきます。
　　　　　　　　　　ひと

F：すてきなしゅみですね。

M：それで、わたしも二年前から。
　　　　　　　　　　　に ねんまえ

F：大山さんはどんなえを？
　　おおやま

M：わたしは山とか川とかをかきます。
　　　　　　やま　　かわ

F：そうですか。こんど見せてください。
　　　　　　　　　　　み

M：はい。

男<ruby>の<rt></rt></ruby><ruby>人<rt>ひと</rt></ruby>はどんなえをかきますか。

1. けしきです。

2. どうぶつです。

3. <ruby>人<rt>ひと</rt></ruby>です。

4. でんしゃです。

男人和女人正在說話。男人畫什麼樣的畫呢?

F :好漂亮的畫喔!

M:謝謝您。

F :咦,是大山先生畫的嗎?

M:不,這幅畫是內人……。內人已經學畫二十年左右了喔!內人常畫人啦、動物啦之類的。

F :很棒的興趣呢!

M:然後,我也從二年前開始。

F :大山先生是畫什麼樣的畫呢?

M:我畫山啦、川啦之類的。

F :那樣啊!下次請讓我看看。

M:好的。

男人畫什麼樣的畫呢?

1. 風景。

2. 動物。

3. 人。

4. 電車。

答案:1

2 ばん MP3 43

男の人と女の人が話しています。女の人のしゅみは何ですか。

M：しゅうまつは何をしますか。

F：わたしはしゅじんとゴルフに。

M：しゅみはゴルフですか。いいですね。

F：いえ、ゴルフはしゅじんのしゅみです。わたしはいっしょにいって、見ているだけです。

M：それじゃ、つまらないでしょう。

F：そんなことないですよ。そこには、プールやべんきょうするばしょがあるんです。えいごやフランスごもそこでべんきょうできます。それに、わたしの好きなりょうりも。

M：そうですか。たのしそうですね。

F：ええ。

女の人のしゅみは何ですか。

1. ゴルフです。

2. りょうりです。

3. えいごのべんきょうです。

4. すいえいです。

男人和女人正在説話。女人的興趣是什麼呢？

M：週末要做什麼呢？

F ：我和我先生去打高爾夫。

M：興趣是高爾夫嗎？很好耶！

F ：不，高爾夫是我先生的興趣。我是一起去，只有看而已。

M：那樣的話，很無聊吧！

F ：哪會啊！那裡有游泳池或是學東西的地方。英文或是法文也可以在那邊學。

　　而且，我喜歡的烹飪也可以。

M：那樣啊！好像很有趣耶！

F ：是的。

女人的興趣是什麼呢？

1. 高爾夫。

2. 烹飪。

3. 英文的學習。

4. 游泳。

答案：2

男の人と女の人が話しています。男の人は明日の午後、何をしますか。

F：明日、いっしょに映画を見に行きませんか。

M：すみません、明日はちょっと……。

F：いそがしいですか？

M：ええ、朝、山のぼりに行ったあと、息子とやきゅうをします。

F：じゃ、午後はどうですか？

M：午後はかぞくとプールへ行きます。

F：それじゃ、いそがしいですね。

M：すみません。またべつの日に。

F：ええ。

男の人は明日の午後、何をしますか。

男人和女人正在説話。男人明天下午，要做什麼呢？

F：明天，要不要一起去看電影呢？

M：不好意思，明天有點……。

F：忙嗎？

M：是的，早上，去爬完山後，要和兒子打棒球。

F：那麼，下午如何呢？

M：下午要和家人去游泳池。

F：那樣的話，很忙呢！

M：不好意思。改天再約。

F：好的。

男人明天下午，要做什麼呢？

答案：2

❹ばん MP3 45

男の子と女の子が話しています。女の子は何がきらいですか。

M：あれっ、どうして食べないの？

F：きらいなの。

M：おいしいよ。

F：小さいころからにがてなの。水のなかで泳ぐものはぜんぶ。

M：じゃ、ぼくがたべてあげる。

F：ほんとう？ありがとう。

M：かわりに、これ、あげる。ぼくはぎゅうにゅうがにがてなの。

F：わたしはぎゅうにゅう、大好き。

M：じゃ、ちょうどよかった。

女の子は何がきらいですか。

1. ぎゅうにくです。

2. ぎゅうにゅうです。

3. 魚です。

4. やさいです。

男孩和女孩正在說話。女孩討厭什麼呢？

M：咦，為什麼不吃呢？

F ：因為討厭。

M：很好吃啊！

F ：從小就不行。在水裡游的東西全部。

M：那麼，我幫妳吃。

F ：真的？謝謝。

M：取而代之，這個，給妳。因為我對牛奶不行。

F ：我最喜歡牛奶。

M：那麼，剛好！

女孩討厭什麼呢？

1. 牛肉。

2. 牛奶。

3. 魚。

4. 青菜。

答案：3

にほんごがっこうで先生がりゅうがくせいにしつもんしています。男の子の国は何がいちばんゆうめいですか。

F ：ブンナークさんはどこから来ましたか。

M：タイから来ました。

F ：すてきな国ですよね。わたしも二回行ったことがあります。友だちがタイのコンピューターの会社ではたらいています。

M：そうですか。

F ：タイのくだものはとてもおいしいですね。

M：はい。でも、いちばんゆうめいなのは、米です。

F ：そうでしたね。タイの米はおいしいです。

男の子の国は何がいちばんゆうめいですか。

日本語學校裡，老師對留學生提問。男孩的國家什麼最有名呢？

F ：Bunnag同學從哪裡來的呢？

M：從泰國來的。

F ：很棒的國家呢！我也去過二次。朋友在泰國的電腦公司上班。

M：那樣啊！

F ：泰國的水果很好吃呢！

M：是的。但是，最有名的是米。

F ：對耶！泰國的米很好吃！

男孩的國家什麼最有名呢？

答案：4

6 ばん MP3 47

男の人と女の人が話しています。男の人は昨日何をしましたか。

F ：どうしたんですか？

M：昨日、すごくがんばったので……。

F ：テニスですか？

M：いえ、昨日は雨で中止です。

F ：ああ、そうでしたね。じゃ、何をがんばったんですか？

M：そうじをしました。つまはとてもよろこびました。

F ：そうでしょう。日本の男の人は、しごとばかりですからね。

M：ええ。それで、つまがおいしいものをたくさん作ってくれました。

F ：そうですか。よかったですね。

男の人は昨日何をしましたか。

1. テニスです。

2. しごとです。

3. そうじです。

4. りょうりです。

男人和女人正在說話。男人昨天做了什麼呢？

F：怎麼了嗎？

M：因為我昨天好認真⋯⋯。

F：網球嗎？

M：不，昨天因為下雨中止。

F：啊，對耶！那麼，認真了什麼呢？

M：我打掃了。內人很高興！

F：就說吧！因為日本的男人只會工作呢！

M：是的。所以，內人幫我做了很多好吃的東西。

F：那樣啊！真是太好了！

男人昨天做了什麼呢？

1. 打網球。

2. 工作。

3. 打掃。

4. 烹飪。

答案：3

1 **……たあと　做完……之後**

　　表示「在……之後」。用於按照時間的順序敘述事情發生的經過。

・食べたあと、べんきょうします。

吃完飯後，要唸書。

・えいがを見たあと、カラオケに行きます。

看完電影後，去卡拉OK。

・おふろに入ったあと、くだものを食べます。

洗完澡後，要吃水果。

2 **あんまり……ない　不（沒）怎麼……、沒多少……**

　　「あまり……ない」的強調形式，是一種口語說法。

・今日はあんまり食べたくない。

今天不怎麼想吃東西。

・さいきんはあんまり日本語をべんきょうしていません。

最近沒怎麼唸日文。

・今月はあんまりお金がない。

這個月沒什麼錢。

3 ちょうど　剛剛……、正好……

　　表示「剛剛好」。常以「ちょうどいい」（剛剛好）的形式出現。

・このふくはむすめにちょうどいいです。

　這件衣服我女兒剛剛好。

・わたしもちょうどついたところです。

　我也正好剛到。

・ちょうどバスが来た。

　正好公車來了。

4 ……ちゃだめ　不能……、不可以……

　　是「……てはいけない」的口語説法。表示禁止做某事，用於朋友之間或是對身分、地位低於自己的人説話時。一般常見於母親或老師等處於某種監督地位的人，向屬於被自己監督的人説話時使用。

・まだ食べちゃだめよ。

　還不可以吃唷。

・タバコを吸っちゃだめです。

　不可以抽菸。

・ここに車を止めちゃだめだよ。

　這裡不能停車喔。

5 **いくら**　多少錢、多少

　　　用於價格或數量不確定、説不清、或是沒有必要説清楚時。

・これはいくらですか。

　　這個多少錢呢？

・そのえはいくらですか。

　　那一幅畫多少錢呢？

・きゅうりょうはいくら？

　　薪水多少錢？

6 **ごろ**　左右、大約

　　　表示大約的時間。

・今日は八時ごろ帰ります。

　　今天八點左右回家。

・いつごろ行きますか。

　　大約什麼時候去呢？

・来年ごろ留学するつもりです。

　　打算明年左右留學。

7 ……**がた**　……們

是「……たち」（……們）的敬語表現。意思為「……們」。

・あなたがたは何を飲みますか。
<ruby>何<rt>なに</rt></ruby><ruby>飲<rt>の</rt></ruby>

您們要喝什麼呢？

・先生がたはどちらですか。
<ruby>先生<rt>せんせい</rt></ruby>

老師們在哪裡呢？

・お母さんがたはこちらへどうぞ。
<ruby>母<rt>かあ</rt></ruby>

媽媽們請往這邊。

8 **どんな**　什麼樣的……

「どんな」後面一定要接名詞，表示「什麼樣的……」。

・アメリカはどんなところですか。

美國是什麼樣的地方呢？

・お姉さんはどんな人ですか。
<ruby>姉<rt>ねえ</rt></ruby><ruby>人<rt>ひと</rt></ruby>

姊姊是什麼樣的人呢？

・どんな女の人が好きですか。
<ruby>女<rt>おんな</rt></ruby><ruby>人<rt>ひと</rt></ruby><ruby>好<rt>す</rt></ruby>

喜歡什麼樣的女人呢？

生命篇

1 顔 0 名 臉

頭 3 名 頭

かみ / かみの毛 2 / 23 名 頭髮

まゆ / まゆげ 1 / 1 名 眉毛

毛 0 名 毛

目 1 名 眼睛

鼻 0 名 鼻子

口 0 名 嘴

歯 1 名 牙齒

耳 2 名 耳朵

ほお / ほほ 1 / 1 名 臉頰

ひげ 0 名 鬍鬚

ひたい 0 名 額頭

あご 2 名 顎、下巴

首 0 名 脖子

脳 1 名 腦

笑う 0 動 笑

話す 2 動 說

見る 1 動 看

食べる 2 動 吃

2 上半身 3 名 上半身

手 1 名 手

肩 1 名 肩

腕 2 名 手腕

背中 0 名 背

胸 2 名 胸

心ぞう 0 名 心臓

胃 0 名 胃

肺 0 名 肺

腸 1 名 腸

おなか 0 名 肚子

腰 0 名 腰

指 2 名 指頭、手指

つめ 0 名 指甲

持つ 1 動 拿

作る 2 動 做

洗う 0 動 洗

買う 0 動 買

売る 0 動 賣

使う 0 動 使用

つける 2 動 開（燈）、點（火）

消す 0 動 關（燈）、熄（火）

着る 0 動 穿

始める 0 動 開始

吹く 1 動 吹

切る 1 動 切

忘れる 0 動 忘記

開ける 0 動 開（門、窗戶）

閉める 2 動 關（門、窗戶）

3 下半身 2 名 下半身

お尻 0 名 屁股

足 2 名 腳

ふともも 0 名 大腿

ふくらはぎ 3 名 小腿

かかと 0 名 腳跟

走る 2 動 跑

歩く 2 動 走

散歩する 0 動 散步

動く 2 動 動

乗る 0 動 搭乘（車、電車、公車）

着く 1 動 到達

はく 0 動 穿（鞋）、穿（褲子、裙子）

曲がる 0 動 轉彎

する 0 動 做

やる 0 動 做（比「する」不客氣的説法）

人 0 名 人

父 1 名 家父

母 1 名 家母

兄 1 名 家兄

姉 0 名 家姉

弟 4 名 舍弟

妹 4 名 舍妹

祖父 1 名 家祖父

祖母 1 名 家祖母

男 3 名 男

女 3 名 女

男の子 3 名 男孩

女の子 3 名 女孩

赤ちゃん 1 名 嬰兒

大人 0 名 大人

子ども 0 名 孩子

老人 0 名 老人

お父さん 2 名 父親的敬稱、令尊

お母さん 2 名 母親的敬稱、令堂

お兄さん 2 名 哥哥的敬稱、令兄

お姉さん 2 名 姊姊的敬稱、令姊

弟さん 0 名 令弟

妹さん 0 名 令妹

おじいさん 2 名 祖父、外祖父、
（指年老的男子）老先生、老公公

おばあさん 2 名 祖母、外祖母、
（指年老的婦女）老奶奶、老婆婆

おじさん 0 名 伯父、叔父、舅
舅、姑丈、姨丈、（指中年男
子）叔叔

おばさん 0 名 伯母、叔母、舅
母、姑母、姨母、（指中年婦
女）阿姨

だんなさん 0 名 他人先生的敬稱

おくさん 1 名 他人太太的敬稱

5 会社 0 名 公司

会社員 3 名 公司職員

サラリーマン 3 名 上班族

社長 0 名 社長

部長 0 名 部長

課長 0 名 課長

上司 1 名 上司

部下 1 名 部下

勤める 3 動 上班、工作、做事

働く 0 動 工作

6 学校 0 名 學校

先生 3 名 老師

生徒 1 名 學生（小學生、國中生、高中生）

学生 0 名 學生（大學生）

小学生 3 4 名 小學生

中学生 3 4 名 國中生

高校生 3 4 名 高中生

大学生 3 4 名 大學生

校長 0 名 校長

教授 0 名 教授

教師 1 名 教師

7 性格 0 名 個性、性格

明るい 0 3 イ形 開朗的

元気（な）1 名 ナ形 有精神（的）

やさしい 3 イ形 溫柔的、體貼的

うるさい 3 イ形 吵的

しずか（な）1 ナ形 安靜（的）

おとなしい 4 イ形 安靜的、不愛講話的

8 びょうき 0 名 病

いたい 2 イ形 痛的

つらい 0 イ形 痛苦的、難受的

薬 0 名 藥

びょういん 0 名 醫院

心 3 名 心

体 0 名 身體

ちゅうしゃ 0 名 注射、打針

医者 0 名 醫生

入院 0 名 住院

退院 0 名 出院

かぜ 0 名 感冒

ねつ 2 名 （發）燒

かゆい 2 イ形 癢的

骨 2 名 骨頭

手術 1 名 手術、開刀

ほうたい 0 名 繃帶

9 動物 0 名 動物

犬 2 名 狗

猫 1 名 貓

うさぎ 0 名 兔子

鳥 0 名 鳥

牛 0 名 牛

ぶた 0 名 豬

へび 1 名 蛇

さる 1 名 猴子

ねずみ 0 名 老鼠

とら 0 名 老虎

うま 2 名 馬

ひつじ 0 名 羊

飼う 1 動 飼養

10 植物 2 名 植物

木 1 名 樹

花 2 名 花

葉 1 名 葉子

枝 0 名 樹枝

根 1 名 樹根

育てる 3 動 養育、飼養、培育

植える 0 動 種植

バラ 0 名 薔薇、玫瑰

ひまわり 2 名 向日葵

水 0 名 水

太陽 1 名 太陽

第 **19~24** 天

問題3「說話表現」

考試科目 （時間）	題型		
	大題	內容	題數
聽解 30分鐘	1 課題理解	聽取具體的資訊，選擇適當的答案，測驗是否理解接下來該做的動作	7
	2 重點理解	先提示問題，再聽取內容並選擇正確的答案，測驗是否能掌握對話的重點	6
	3 説話表現	邊看圖邊聽説明，選擇適當的話語	5
	4 即時應答	聽取單方提問或會話，選擇適當的回答	6

問題 3 注意事項

✽「問題3」會考什麼？

邊看圖邊聽說明，並選擇適當的話語。這是舊日檢考試中沒有出現過的新型態考題。考生必須依照場合與狀況，判斷要選擇哪個句子才適當。

✽「問題3」的考試形式？

試題本上會畫出問題的情境，請一邊看著情境圖一邊聽問題，然後利用情境圖和提問，從三個選項中選出一個最適當的答案。共有五個小題。

✽「問題3」會怎麼問？ **MP3 50**

・デパートへ行きたいです。何と言いますか。

  1. デパートはどこですか。

  2. デパートは何ですか。

  3. デパートはどうですか。

  想去百貨公司。要說什麼呢？
  1.百貨公司在哪裡呢？
  2.百貨公司是什麼呢？
  3.百貨公司怎麼樣呢？

・でんわをかいます。何と言いますか。

  1. そのでんわを見ましょうか。

  2. そのでんわを見てください。

  3. そのでんわを見せてください。

  要買電話。要說什麼呢？
  1.看那支電話吧？
  2.請看那支電話。
  3.請讓我看那支電話。

もんだい3

> 　もんだい3では、えを　みながら　しつもんを　きいて　ください。➡（やじるし）の　ひとは　なんと　いいますか。1から3の　なかから、いちばん　いい　ものを　ひとつ　えらんで　ください。

ばん MP3 51

② ばん MP3 52

③ ばん MP3 53

4 ばん MP3 54

5 ばん MP3 55

もんだい3

> もんだい3では、えを　みながら　しつもんを　きいて　ください。➡（やじるし）の　ひとは　なんと　いいますか。1から3の　なかから、いちばん　いい　ものを　ひとつ　えらんで　ください。
>
> 問題3請一邊看圖一邊聽問題。➡（箭號）比著的人要說什麼呢？請從1到3當中，選出一個最適當的答案。

（M：男性、男孩　F：女性、女孩）

1 ばん MP3 51

五年ぶりにクラスメートに会いました。何と言いますか。

1. ごちそうさま。

2. ひさしぶり。

3. いらっしゃい。

相隔五年和同班同學見面了。要說什麼呢？

1. 吃飽了。

2. 好久不見。

3. 歡迎光臨。

答案：2

❷ ばん MP3 52

友だちが大学にごうかくしました。何と言いますか。

1. よくがんばったな。おめでとう。

2. すごいな。どうぞよろしく。

3. いいですよ。がんばりなさい。

朋友考上大學了。要說什麼呢？

1. 很努力喔！恭喜！

2. 好厲害喔！請多多指教。

3. 好啊！請加油！

答案：1

しゃしんをお願いします。何と言いますか。

1. ありがとう、しゃしんをとってください。

2. おやすみなさい、しゃしんをとってください。

3. すみません、しゃしんをとってください。

要拜託別人照相。要說什麼呢？

1. 謝謝，請（幫我）照相。

2. 晚安，請（幫我）照相。

3. 不好意思，請（幫我）照相。

答案：3

時間を聞きます。何と言いますか。

1. いま、何じですか。

2. いま、何さいですか。

3. いま、何にちですか。

要問時間。要説什麼呢？

1. 現在，幾點呢？

2. 現在，幾歲呢？

3. 現在，是幾日呢？

答案：1

道がわかりません。何と言いますか。

1. ゆうびんきょくはどんなですか。

2. ゆうびんきょくはどこですか。

3. ゆうびんきょくはどれですか。

不知道路。要説什麼呢？

1. 郵局是什麼樣的呢？

2. 郵局在哪裡呢？

3. 郵局是哪一個呢？

答案：2

もんだい3

> 　もんだい3では、えを　みながら　しつもんを　きいて　ください。➡（やじるし）の　ひとは　なんと　いいますか。1から3の　なかから、いちばん　いい　ものを　ひとつ　えらんで　ください。

1 ばん MP3 56

④ ばん MP3 59

⑤ ばん MP3 60

もんだい3

> 　もんだい3では、えを　みながら　しつもんを　きいて　くださ
> い。➡（やじるし）の　ひとは　なんと　いいますか。1から3の　な
> かから、いちばん　いい　ものを　ひとつ　えらんで　ください。
>
> 　　問題3請一邊看圖一邊聽問題。➡（箭號）比著的人要說什麼呢？請從1
> 到3當中，選出一個最適當的答案。

（M：男性、男孩　F：女性、女孩）

ばん ^{MP3} 56

びょういんで先生が聞きます。何と言いますか。

1. どうしましたか。

2. どうしましょうか。

3. どこですか。

醫院裡醫生在詢問。要説什麼呢？
1. 怎麼了呢？
2. 要怎麼做呢？
3. 在哪裡呢？

答案：1

② ばん MP3 57

お店の人に言います。何と言いますか。

1. これがいいよ。

2. これにして。

3. これください。

向店裡的人説話。要説什麼呢？
1. 這個好啦！
2. （你）選這個！
3. 請給我這個。

答案：3

えいがかんで、前の人がうるさいです。何と言いますか。

1. きれいにしてください。

2. しずかにしてください。

3. ゆうめいにしてください。

電影院裡，前面的人很吵。要説什麼呢？

1. 請（把它）打掃乾淨。

2. 請安靜。

3. 請（把他）變有名。

答案：2

びじゅつかんで、えを見て言います。何と言いますか。

1. くさいですね。

2. おいしいですね。

3. すてきですね。

在美術館，看著畫説話。要説什麼呢？

1. 很臭耶！

2. 很好吃耶！

3. 很漂亮耶！

答案：3

寒いです。何と言いますか。

1. まどをしめてください。

2. まどをあけてください。

3. まどをあらってください。

很冷。要説什麼呢？

1. 請關窗戶。

2. 請開窗戶。

3. 請洗窗戶。

答案：1

問題 3 實戰練習（3）

もんだい3

> 　もんだい3では、えを　みながら　しつもんを　きいて　ください。➡（やじるし）の　ひとは　なんと　いいますか。1から3の　なかから、いちばん　いい　ものを　ひとつ　えらんで　ください。

 ばん MP3 61

②ばん MP3 62

③ばん MP3 63

4 ばん 64

5 ばん 65

第19〜24天　問題3「説話表現」

181

もんだい3

> もんだい3では、えを　みながら　しつもんを　きいて　ください。➡（やじるし）の　ひとは　なんと　いいますか。1から3の　なかから、いちばん　いい　ものを　ひとつ　えらんで　ください。
>
> 問題3請一邊看圖一邊聽問題。➡（箭號）比著的人要説什麼呢？請從1到3當中，選出一個最適當的答案。

（M：男性、男孩　F：女性、女孩）

ばん MP3 61

中学生（ちゅうがくせい）のときのクラスメートに会（あ）いました。何（なん）と言（い）いますか。

1. いただきます。

2. ひさしぶり。

3. きをつけて。

和國中生時代的同班同學見面了。要説什麼呢？

1. 開動。

2. 好久不見。

3. 小心。

答案：2

2 ばん MP3 62

きらいな人にさそわれました。何と言いますか。

1. すみません、おつかれさま。

2. すみません、いいですね。

3. すみません、またこんど。

被討厭的人邀約了。要説什麼呢？

1. 不好意思，辛苦了。

2. 不好意思，好啊！

3. 不好意思，那就下次。

答案：3

③ばん MP3 63

うたをプレゼントします。<ruby>何<rt>なん</rt></ruby>と<ruby>言<rt>い</rt></ruby>いますか。

1. <ruby>聞<rt>き</rt></ruby>いてください。

2. <ruby>見<rt>み</rt></ruby>てください。

3. <ruby>来<rt>き</rt></ruby>てください。

要獻唱。要說什麼呢？

1. 請聽。

2. 請看。

3. 請來。

答案：1

4 ばん MP3 64

おきゃくさんをあんないします。何と言いますか。

1. こちらでしょう。

2. こちらこそ。

3. こちらへどうぞ。

為客人導覽。要說什麼呢？

1. 這邊吧！

2. 我才是。

3. 請往這邊。

答案：3

おうえんします。二人（ふたり）はおなじチームです。何（なん）と言（い）いますか。

1. いっしょにがんばりましょう。

2. ちょっとだけがんばりなさい。

3. もうがんばらないほうがいいです。

要加油打氣。二個人是同一隊。要説什麼呢？

1. 一起努力吧！

2. 請只要稍微努力。

3. 已經不要再努力比較好。

答案：1

1 ね ……耶、……呢、……吧

　　這是N5中必須學習的「終助詞」，表示希望取得對方的附和或確認等等。因為在口語說法中常出現，尤其是女性喜歡使用，所以多了解用法有助於解題。

・今日(きょう)はいい天気(てんき)ですね。

　　今天天氣很好呢！

・おいしいですね。

　　很好吃耶！

・この間(あいだ)はたのしかったね。

　　上一次很好玩吧！

2 よ ……喔、……唷

　　這是N5中必須學習的「終助詞」，用於告知對方新的資訊。在口語說法裡常出現。

・そのまんがはおもしろいですよ。

　　那本漫畫很有趣喔！

・あの先生(せんせい)はやさしいですよ。

　　那位老師很溫柔喔！

・午後(ごご)は雨(あめ)がふりますよ。

　　下午會下雨唷！

3 わ　……耶、……唷、……喔

這是N5中必須學習的「終助詞」，表示「輕微的主張、輕微的感嘆，或是驚訝、意外」。由於此終助詞帶有委婉或撒嬌的口氣，因此僅限女性使用，男性不可使用。

・こまりますわ。

傷腦筋耶。

・それはたいへんだわ。

那不得了耶。

・わたしもいっしょに行^いきますわ。

我也要一起去唷。

4 もう　已經……、已……了

與動詞句一起使用，表示行為、事情等到某個時間已經完了。也可以使用在詢問完成或沒有完成的疑問句中。

・もう食^たべました。

已經吃完了。

・父^{ちち}はもう出^でかけました。

父親已經出門了。

・息子^{むすこ}はもう大学^{だいがく}をそつぎょうしました。

兒子已經大學畢業了。

5 **まだ……ない　還沒……、還未……**

　　　　表示預定的事情現在還未進行或還沒有完成，無論陳述句還是疑問句都可以使用。

・朝ごはんはまだ食べていません。

　還沒吃早餐。

・その本はまだ読んでいません。

　那本書還沒讀。

・しごとはまだ終わっていません。

　工作還沒結束。

6 **まず　先……、首先……**

　　　　表示「さいしょ／さいしょに」（最初……）、「第一／第一に」（第一個……）的意思。

・まずビールを飲みましょう。

　先喝啤酒吧。

・まず先生からどうぞ。

　首先請從老師開始。

・まず店の中に入りましょう。

　先進去店裡吧。

7 だけ　只有……、只是……、就是……

　　表示限定除此以外別無其他，用於肯定句。

・コーヒーだけ飲みました。

　　只喝了咖啡。

・くだものだけ食べましょう。

　　只吃水果吧。

・何もいりません。気もちだけもらいます。

　　什麼都不需要。只心領了。

8 しか……ない　只……、只有……

　　「しか」後面必須搭配否定説法一起使用。以提示一件事物而排除其他事物。

・十円しかありません。

　　只有十日圓。

・姉はやさいしか食べません。

　　姊姊只吃蔬菜。

・土よう日しかひまがありません。

　　只有星期六才有空。

聽解必背單字 3 MP3 67

生活篇

1 家 2 名 家

家族 (かぞく) 1 名 家人
家庭 (かてい) 0 名 家庭
台所 (だいどころ) 5 名 廚房
部屋 (へや) 2 名 房間
テーブル 0 名 桌子
ドア / 戸 (と) 1 / 0 名 門
玄関 (げんかん) 1 名 玄關
いす 0 名 椅子
ソファ 1 名 沙發
ベッド 1 名 床
ふとん 0 名 棉被
かぎ 2 名 鑰匙
帰る (かえ) 1 動 回（家）
起きる (お) 2 動 起床
寝る (ね) 0 動 睡覺
おべんとう 0 名 便當
（比「べんとう」正式）

ろうか 0 名 走廊
階段 (かいだん) 0 名 樓梯
かさ 1 名 傘
さす 1 動 撐（傘）
健康 (けんこう) 0 名 健康
座る (すわ) 0 動 坐
立つ (た) 1 動 站
掃除する (そうじ) 0 動 掃除、打掃
使う (つか) 0 動 使用
窓 (まど) 1 名 窗戶
磨く (みが) 0 動 磨、刷
村 (むら) 2 名 村落
町 (まち) 2 名 城鎮、街道
パーティー 1 名 派對
ニュース 1 名 新聞、消息。

2 スーパー 1 名 超市

入口 0 名 入口

出口 1 名 出口

いろいろ（な）0 名 ナ形
　　各式各樣（的）

たくさん 3 名 ナ形 足夠（的）
　　　　　 3 0 副 許多、很多

困る 2 動 困擾、苦惱

開く 0 動（門）開著

閉まる 2 動（門）關著

広い 2 イ形 寬廣的

狭い 2 イ形 狹窄的

全部 1 名 全部

側 1 名 旁邊

横 0 名 橫、旁邊

3 デパート 2 名 百貨公司

大きい 3 イ形 大的

小さい 3 イ形 小的

もの 2 名 東西

たんじょうび 3 名 生日

ちがう 0 動 不同、不對

にぎやか（な）2 ナ形
　　熱鬧（的）

便利（な）1 名 ナ形 便利（的）

ほしい 2 イ形 想要的

細い 2 イ形 細的、瘦的

太い 2 イ形 胖的、粗的

向こう 2 0 名 對面

レストラン 1 名 餐廳

ペット 1 名 寵物

多い 2 1 イ形 多的

少ない 3 イ形 少的

4 銀行 0 名 銀行

お金 0 名 錢

ある 1 動 （無生命的）存在、
（無生命的）擁有

ない 1 イ形 沒有

財布 0 名 錢包

カード 1 名 卡片

積む 0 動 存（錢）

待つ 1 動 等待

5 郵便局 3 名 郵局

切手 0 名 郵票

てがみ 0 名 信

ふうとう 0 名 信封

はがき 0 名 明信片

にもつ 1 名 行李

並ぶ 0 動 排隊

番号 3 名 號碼

順番 0 名 輪班、輪流

渡す 0 動 給、交遞

ポスト 1 名 郵筒、信箱

6 美容院 2 名 美容院

ヘアスタイル 4 名 髪型

切る 1 動 剪、切

はさみ 3 名 剪刀

パーマ 1 名 燙髮

きれい（な） 1 ナ形 漂亮（的）

ハンサム（な） 1 ナ形 帥（的）

かわいい 3 イ形 可愛的

おしゃれ（な） 2 名 ナ形
　　時髦（的）、時尚（的）

色 2 名 顔色、色彩

長い 2 イ形 長的

短い 3 イ形 短的

うすい 0 イ形 薄的

鏡 3 名 鏡子

シャンプー 1 名 洗髮精

リンス 1 名 潤髮乳

石けん 0 名 肥皂

7 日用品 ⓪ 名 日常用品

ティッシュ 1 名 衛生紙

紙 2 名 紙

カップ 1 名 杯子、茶杯

コップ ⓪ 名 玻璃杯

はし 1 名 筷子

お皿 ⓪ 名 碟子、小盤子

ちゃわん ⓪ 名 飯碗

ほうちょう ⓪ 名 菜刀

なべ 1 名 鍋子

フライパン ⓪ 名 平底鍋

れいぞうこ 3 名 冰箱

箱 ⓪ 名 箱子

灰皿 ⓪ 名 菸灰缸

カーテン 1 名 窗簾

洗たくき 4 名 洗衣機

ドライヤー ⓪ 名 吹風機

パソコン ⓪ 名 個人電腦

コンピューター 3 名 電腦

電話 ⓪ 名 電話

けいたい電話 / けいたい 5 / ⓪
　　名 手機

電気 1 名 電、電力、電燈

カレンダー 2 名 月曆、日曆

コピー 1 名 影印

マッチ 1 名 火柴

ライター 1 名 打火機

かびん ⓪ 名 花瓶

シャワー 1 名 淋浴

浴びる ⓪ 動 淋

ふろ 2 1 名 浴池、澡盆

洗う ⓪ 動 洗（臉、手）

かばん ⓪ 名 袋子、包包

バッグ 1 名 包包、手提包

スプーン 2 名 調羹、湯匙

フォーク 1 名 叉子

ナイフ 1 名 刀子

テレビ 1 名 電視

ラジオ 1 名 收音機

ストーブ 2 名 暖爐

8 服 / 洋服 0 / 0 名 衣服

シャツ 1 名 襯衫

ワイシャツ 0 名 Y領襯衫

Tシャツ 0 名 T恤

スーツ 1 名 套裝

スカート 2 名 裙子

ミニスカート 4 名 迷你裙

ズボン 2 名 褲子

パンツ 1 名 內褲

水着 0 名 泳裝

パジャマ 1 名 睡衣

着物 0 名 和服

上着 0 名 上衣、外衣

背広 0 名 西裝

コート 1 名 大衣

ドレス 1 名 洋裝、禮服

ワンピース 3 名 連身裙

着る 0 動 穿

脱ぐ 1 動 脱

くつ 2 名 鞋子

くつ下 2 4 名 襪子

スリッパ 2 名 拖鞋

ポケット 2 1 名 口袋

セーター 1 名 毛衣

ボタン 0 名 釦子

9 アクセサリー 1 名 配件

めがね 1 名 眼鏡

ネックレス 1 名 項錬

ピアス 1 名 穿式耳環

イアリング 1 名 耳環

マフラー 1 名 圍巾（主要是禦寒用）

スカーフ 2 名 絲巾、圍巾（主要是裝飾用）

ネクタイ 1 名 領帶

うで時計 3 名 手錶

うんどうぐつ 3 名 運動鞋

ハイヒール 3 名 高跟鞋

帽子 0 名 帽子

かける 2 動 戴（眼鏡）

つける 2 動 戴（耳環、項錬）

かぶる 2 動 戴（帽子）

ハンカチ 0 名 手帕

⑩ 教育 きょういく 0 名 教育

教室 きょうしつ 0 名 教室

校庭 こうてい 0 名 校園

クラス 1 名 班級

クラスメート 4 名 同班同學

しゅくだい 0 名 功課、作業

わすれもの 0 名 忘了帶的東西、
忘了拿的東西

友だち とも 0 名 朋友

名前 なまえ 0 名 名字

図書館 としょかん 2 名 圖書館

英語 えいご 0 名 英文

遊ぶ あそ 0 動 玩

いい 1 イ形 好的

わるい 2 イ形 不好的

テスト 1 名 考試

意味 いみ 1 名 意思

いや（な） 2 ナ形 討厭（的）、
厭惡（的）

うれしい 3 イ形 高興的、歡喜的

ペン 1 名 筆

えんぴつ 0 名 鉛筆

ボールペン 0 名 原子筆

ノート 1 名 筆記本

ページ 0 名 頁數

教える おし 0 動 教

勉強する べんきょう 0 動 唸書

覚える おぼ 3 動 背誦、記憶

漢字 かんじ 0 名 漢字

かたかな 3 名 片假名

ひらがな 3 名 平假名

答える こた 3 動 答覆、回答

作文 さくぶん 0 名 作文

質問 しつもん 0 名 詢問、疑問、問題

問題 もんだい 0 名 問題

字引／辞書 じびき／じしょ 3／1 名 字典、辭典

授業 じゅぎょう 1 名 授課

知る し 0 動 知道

夏休み なつやす 3 名 暑假

冬休み ふゆやす 3 名 寒假

習う なら 2 動 學習

むずかしい 4 イ形 難的

やさしい 3 イ形 簡單的

かんたん（な） 0 ナ形
簡單（的）

第 25〜30 天

問題4「即時應答」

考試科目 （時間）	題型			
		大題	內容	題數
聽解 30分鐘	1	課題理解	聽取具體的資訊，選擇適當的答案，測驗 是否理解接下來該做的動作	7
	2	重點理解	先提示問題，再聽取內容並選擇正確的答 案，測驗是否能掌握對話的重點	6
	3	說話表現	邊看圖邊聽說明，選擇適當的話語	5
	4	即時應答	聽取單方提問或會話，選擇適當的回答	6

問題 4 注意事項

＊「問題4」會考什麼？

聽取單方提問或會話，選擇適當的回答。這也是舊日檢考試中沒有出現過的新型態考題。考生聽完非常簡短的對話之後，要馬上選出一個正確答案。

＊「問題4」的考試形式？

試題本上沒有印任何圖或字，所以要仔細聆聽。首先注意聽簡短又生活化的一至二句對話，並針對它的發問內容選擇回應。答案的選項只有三個。共有六個小題。

＊「問題4」會怎麼問？ **MP3 68**

・F：すみません、その本^{ほん}をとってください。

 M：1. はい、わかりました。

 　2. はい、そうしましょう。

 　3. はい、とりません。

 F：不好意思，請拿那本書。

 M：1. 好的，知道了。

 　2. 好的，就那麼辦吧。

 　3. 好的，不拿。

・F：えがじょうずですね。

　M：1. ごちそうさまでした。

　　　2. しつれいしました。

　　　3. ありがとうございます。

　F：畫得很棒耶！

　M：1. 謝謝您的招待、吃飽了。

　　　2. 失禮了。

　　　3. 謝謝您。

・F：今日はさむいですね。

　M：1. ええ、それはいいですね。

　　　2. ええ、そうですね。

　　　3. ええ、そうですか。

　F：今天很冷耶。

　M：1. 嗯，那樣很好耶！

　　　2. 嗯，是啊！

　　　3. 嗯，是那樣嗎？

もんだい4

> 　もんだい4には、えなどが　ありません。ぶんを　きいて、1から
> 3の　なかから　ただしい　こたえを　ひとつ　えらんで　くださ
> い。

― メモ ―

1 ばん MP3 69

2 ばん MP3 70

3 ばん MP3 71

ばん MP3 72

 ばん MP3 73

6 ばん MP3 74

もんだい4

> もんだい4には、えなどが　ありません。ぶんを　きいて、1から
> 3の　なかから　ただしい　こたえを　ひとつ　えらんで　くださ
> い。
>
> 問題4沒有圖等等。請聽句子，從1到3當中，選出一個正確的答案。

（M：男性、男孩　　F：女性、女孩）

① ばん MP3 69

F：どうぞ食べてください。

M：1. ありがとうございます。

　　2. それはいいですね。

　　3. どういたしまして。

F ：請吃。

M ：1. 謝謝您。

　　2. 那很好耶！

　　3. 不客氣。

答案：1

❷ ばん MP3 **70**

F：主人（しゅじん）がいつもお世話（せわ）になっています。

M：1. いいえ、たいへんです。

　　2. いいえ、すこしです。

　　3. いいえ、こちらこそ。

F ：承蒙您常常照顧我先生。

M ：1. 不，很辛苦。

　　2. 不，一點點。

　　3. 不，我才是。

答案：3

❸ ばん MP3 **71**

F：とてもおいしかったです。

M：1. それはよかった。

　　2. じょうだんでしょう。

　　3. すみませんでした。

F ：非常好吃。

M ：1. 那太好了！

　　2. 開玩笑的吧！

　　3. 對不起。

答案：1

4 ばん MP3 72

M：すみませんでした。

F：1. 気にしてください。

　　2. 気にしないでください。

　　3. 気もちがわるいです。

M：對不起。

F：1. 請在意。

　　2. 請別在意。

　　3. 不舒服。

答案：2

5 ばん MP3 73

F：お国はどちらですか。

M：1. フランスです。

　　2. そちらです。

　　3. とおいです。

F：您的國家是哪裡呢？

M：1. 法國。

　　2. 那裡。

　　3. 很遠。

答案：1

6 ばん MP3 **74**

M ：ありがとうございます。

F ：1. おかげさまで。

2. どういたしまして。

3. いただきます。

M ：謝謝您。

F ：1. 託您的福。

2. 不客氣。

3. 開動！

答案：2

問題 4 實戰練習（2）

もんだい4

　　もんだい4には、えなどが　ありません。ぶんを　きいて、1から3の　なかから　ただしい　こたえを　ひとつ　えらんで　ください。

— メモ —

1 ばん MP3 75

2 ばん MP3 76

3 ばん MP3 77

⑥ ばん MP3 80

もんだい4

> 　もんだい4には、えなどが　ありません。ぶんを　きいて、1から
> 3の　なかから　ただしい　こたえを　ひとつ　えらんで　ください
> い。
>
> 　　問題4沒有圖等等。請聽句子，從1到3當中，選出一個正確的答案。

（M：男性、男孩　F：女性、女孩）

1 ばん

F：ごちゅうもんは？

M：1. コーヒーが好きです。

　　2. コーヒーをください。

　　3. コーヒーをのみます。

F　：您要點的是？

M　：1. 我喜歡咖啡。

　　2. 請給我咖啡。

　　3. 喝咖啡。

答案：2

②ばん MP3 76

F：はじめまして。どうぞよろしく。

M：1. さようなら。

　　2. こちらこそ。

　　3. おかげさまで。

F ：初次見面。請多多指教。

M ：1. 再見。

　　2. 我才是。

　　3. 託您的福。

答案：2

③ばん MP3 77

M：いってきます。

F：1. いってらっしゃい。

　　2. いらっしゃい。

　　3. いきなさい。

M ：出門了。

F ：1. 慢走。

　　2. 歡迎光臨。

　　3. 去！

答案：1

❹ばん MP3 78

M：かぜをひきました。

F：1. どういたしまして。

2. ありがとう。

3. おだいじに。

M：感冒了。

F：1. 不客氣。

2. 謝謝。

3. 請多保重。

答案：3

❺ばん MP3 79

F：おてつだいしましょうか。

M：1. いいえ、うれしいです。

2. いいえ、けっこうです。

3. いいえ、うるさいです。

F：我來幫忙吧？

M：1. 不，很開心。

2. 不，不用了。

3. 不，很囉唆。

答案：2

6 ばん MP3 80

F ：あのえいがはどうでしたか？

M ：1. とてもおもしろかったです。

    2. とてもあつかったです。

    3. とてもまずかったです。

F ：那部電影如何呢？

M ：1. 非常有趣。

    2. 非常熱。

    3. 非常難吃。

答案：1

もんだい4

> 　もんだい4には、えなどが　ありません。ぶんを　きいて、1から
> 3の　なかから　ただしい　こたえを　ひとつ　えらんで　くださ
> い。

― メモ ―

1 ばん ^{MP3} 81

2 ばん ^{MP3} 82

3 ばん ^{MP3} 83

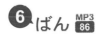

もんだい4

> 　もんだい4には、えなどが　ありません。ぶんを　きいて、1から
> 3の　なかから　ただしい　こたえを　ひとつ　えらんで　くださ
> い。
>
> 　　　問題4沒有圖等等。請聽句子，從1到3當中，選出一個正確的答案。

（M：男性、男孩　F：女性、女孩）

1 ばん

F：コーヒー、どうぞ。

M：1. ありがとうございます。

　　2. どういたしまして。

　　3. ごちそうさまでした。

F　：咖啡，請。

M　：1. 謝謝您。

　　2. 不客氣。

　　3. 謝謝您的招待、吃飽了。

答案：1

2 ばん MP3 82

M：おかあさん、いってきます。

F：1. おやすみなさい。

　　2. いってらっしゃい。

　　3. おかえりなさい。

M ：媽媽，我出門了。

F ：1. 晚安。

　　2. 慢走。

　　3. 回來啦！

答案：2

3 ばん MP3 83

F：すてきなシャツですね。

M：1. そうしましょう。

　　2. そうですか。

　　3. そうですよ。

F ：好漂亮的襯衫喔！

M ：1. 就那樣吧！

　　2. 那樣啊！

　　3. 是那樣喔！

答案：2

❹ばん MP3 84

F：おげんきですか。

M：1. おつかれさま。

2. おかげさまで。

3. おめでとう。

F ：您好嗎？

M：1. 辛苦了。

2. 託您的福。

3. 恭喜。

答案：2

❺ばん MP3 85

F：ごうかくしました。

M：1. おきをつけて。

2. おはよう。

3. おめでとう。

F ：考上了！

M ：1. 請小心。

2. 早！

3. 恭喜！

答案：3

6ばん MP3 86

F ：どうぞ飲んでください。

M ：1. いらっしゃい。

　　2. いけません。

　　3. いただきます。

- -

F ：請喝。

M ：1. 歡迎。

　　2. 不可以。

　　3. 開動。

答案：3

1 なる　變成……、成為……

　　表示事物的變化。和「する」表示「人為有意圖地變化某事物」相比，「なる」則表示「物體本身的自然變化」。

・冬になりました。

　　變成冬天了。

・大学生になりました。

　　成為大學生了。

・かおが赤くなりました。

　　臉變紅了。

2 とても　很……、非常……

　　表示程度很深。意思為「很」、「非常」。

・そのえいがはとてもおもしろいですよ。

　　那部電影非常有趣喔。

・あたらしい先生はとてもやさしいです。

　　新的老師非常溫柔。

・今年のなつはとてもあついです。

　　今年的夏天非常熱。

3 いつか（は）　　有機會、早晚、遲早

　　出現在「書寫未來事件的文章中」，表示不能清楚確定未來的某一時間。除了後面可以接續「⋯⋯する」（做）、「⋯⋯するでしょう」（做⋯⋯吧）、「⋯⋯したい」（想做⋯⋯）等動作外，同時還多伴有「きっと」（一定）、「かならず」（必定）等副詞。

・いつかアメリカに行きたいです。

　　有機會想去美國。

・いつかは成功するでしょう。

　　遲早會成功吧。

・彼もいつかわかるでしょう。

　　他遲早也會了解吧。

4 ついに　　終於⋯⋯、最後⋯⋯

　　表示經過許多挫折或曲折，最後終於實現。

・ついに彼女とけっこんしました。

　　終於與她結婚了。

・ついに合格しました。

　　終於考上了。

・ついにビルが建ちました。

　　大樓終於蓋好了。

5 **やっと** **終於……、好不容易……**

表示經過長時間或一番艱苦的努力後，說話者所期待的事情實現了。多以「やっと＋Vた（過去式）」的形式出現，表示說話者的喜悅、鬆了一口氣的感覺、或者不得了等等心情。和上面所提的「ついに」相似，但不同的地方為「ついに」對說話者來說，既可用於期盼的事、也可用於非期盼的事，但「やっと」只能用於說話者盼望的事。

・やっとできました。

　　終於會了。

・明日やっとしけんが終わります。

　　明天考試終於要結束了。

・やっと退院できました。

　　好不容易可以出院了。

6 **べき** **應該……**

表示「那樣做是應該的」、「那樣做是對的」，或「必須……」的意思。否定形是「……べきじゃない」（那樣做不對、那樣做不好、不應該……）。

・もっとがんばるべきです。

　　應該更努力。

・学生はべんきょうするべきです。

　　學生應該學習。

・りゅうがくするべきだよ。

　　應該留學喔。

7 ……のほう　……方向、……方面

　　表示大致的方向或方位。多接續在「こっち・あっち・そっち・どっち」（這裡、那裡、那裡、哪裡）、「こちら・あちら・そちら・どちら」（這邊、那邊、那邊、哪邊）、「前・後ろ」（前、後）、「上・下」（上、下）、「右・左」（右、左）、「東・西・南・北」（東、西、南、北）等等表示方向的名詞後面。

・銀行はあっちのほうですか。

　　銀行在那邊嗎？

・前のほうにすわりましょう。

　　坐前面吧。

・わたしのほうを見てください。

　　請看我這邊。

8 （時間）まで　到……、……之前

　　接在表示時間的名詞之後，表示在「まで」這個時間點以前的動作或事件一直持續著。伴隨於後的動詞，必須是持續著的動作或狀態。

・今日は十一時までべんきょうします。

　　今天唸書唸到十一點。

・父は朝まで飲んでいました。

　　我父親喝酒喝到早上。

・午後六時まではたらきます。

　　下午工作到六點。

興趣篇

1 音楽（おんがく） 1 名 音樂

歌（うた） 2 名 歌

声（こえ） 1 名 （有生命的）聲音

音（おと） 2 名 （無生命的）聲音

曲（きょく） 2 名 歌曲、曲子

歌う（うた） 0 動 唱歌

ギター 1 名 吉他

ピアノ 0 名 鋼琴

弾く（ひ） 0 動 彈（吉他、鋼琴）

笛（ふえ） 0 名 笛子

吹く（ふ） 1 動 吹（笛子）

カラオケ 0 名 卡拉OK

マイク 1 名 麥克風

コンサート 1 名 演唱會、演奏會

歌手（かしゅ） 1 名 歌手

聴く（き） 0 動 聽（音樂）

楽器（がっき） 0 名 樂器

踊る（おど） 0 動 跳舞

2 スポーツ 2 名 運動

バスケットボール 6 名 籃球

野球 0 名 棒球

サッカー 1 名 足球

テニス 1 名 網球

バレーボール 4 名 排球

卓球 0 名 卓球

柔道 1 名 柔道

相撲 0 名 相撲

ゴルフ 1 名 高爾夫

練習する 0 動 練習

水泳 0 名 游泳

プール 1 名 游泳池

泳ぐ 2 動 游泳

できる 2 動 可以、能、行

優勝 0 名 優勝、冠軍

勝つ 1 動 贏

負ける 0 動 輸

プロ 1 名 職業選手、高手

オリンピック 4 名 奧林匹克

試合 0 名 比賽

参加する 0 動 參加

くやしい 3 イ形 不甘心的

よろこぶ 3 動 高興

泣く 0 動 哭

感動する 0 動 感動

3 読書 1 名 看書、讀書

読む 1 動 看、讀、唸

本 1 名 書

漫画 0 名 漫畫

小説 0 名 小説

本屋 1 名 書店

借りる 0 動 向～借、借入

貸す 0 動 借給～、借出

4 鑑賞 0 名 觀賞、欣賞

映画 1 0 名 電影

芸術 0 名 藝術

芸術家 0 名 藝術家

アニメ 1 名 卡通影片、動畫

美術館 3 名 美術館

博物館 4 名 博物館

チケット 1 名 票

入場券 3 名 門票

有名（な） 0 名 ナ形 有名（的）

ゆっくり 3 副 慢慢地

努力する 1 動 努力

世界 1 名 世界

5 旅行 〔りょこう〕 0 名 旅行

旅 〔たび〕 2 名 旅行

楽しい 〔たの〕 3 イ形 好玩的

おもしろい 4 イ形 愉快的、好笑的、有趣的

つまらない 3 イ形 無聊的

いっしょ 0 副 一起

海 〔うみ〕 1 名 海

外国 〔がいこく〕 0 名 外國

外国人 〔がいこくじん〕 4 名 外國人

海外 〔かいがい〕 1 名 海外

国内 〔こくない〕 2 名 國內

国外 〔こくがい〕 2 名 國外

ホテル 1 名 飯店

民宿 〔みんしゅく〕 0 名 民宿

宿 〔やど〕 1 名 住宿的地方

泊まる 〔と〕 0 動 （臨時）住的地方

パスポート 3 名 護照

ドル 1 名 美金

円 〔えん〕 1 名 日幣、日圓

元 〔げん〕 1 名 新台幣

温泉 〔おんせん〕 0 名 溫泉

ゲーム 1 名 遊戲

6 写真 〔しゃしん〕 0 名 照相、照片

カメラ 1 名 相機

デジカメ 0 名 數位相機

撮る 〔と〕 1 動 拍照

モデル 1 0 名 模特兒

フィルム 1 名 底片

コンテスト 1 名 競賽、比賽

カメラマン 3 名 攝影師

雑誌 〔ざっし〕 0 名 雜誌

紹介する 〔しょうかい〕 0 動 介紹

7 絵画 かいが 1 名 繪畫

絵 え 1 名 畫

描く か 1 動 畫（畫）

筆 ふで 0 名 毛筆

絵の具 え く 0 名 顏料

油絵 あぶら え 3 名 油畫

イラスト 0 名 插圖

色 いろ 2 名 顏色

赤 あか 1 名 紅色

青 あお 1 名 藍色

緑 みどり 1 名 綠色

黄色 き いろ 0 名 黃色

白 しろ 1 名 白色

黒 くろ 1 名 黑色

ピンク 1 名 粉紅色

茶色 ちゃ いろ 0 名 棕色、咖啡色

紫 むらさき 2 名 紫色

オレンジ 2 名 橘色

8 **料理** 1 名 料理、烹飪

野菜 0 名 蔬菜

おいしい 3 イ形 好吃的

まずい 2 イ形 難吃的

熱い 2 イ形 （天氣以外）
　　高溫的、熱情的

ぬるい 2 イ形 微溫的、
　　半涼不熱的

冷たい 0 イ形 冰涼的、冷淡的

朝ごはん 3 名 早餐

昼ごはん 3 名 午餐

晩ごはん 3 名 晚餐

甘い 0 イ形 甜的

苦い 2 イ形 苦的

からい 2 イ形 辣的

しょっぱい 3 イ形 鹹的

丸い / 円い 0 2 / 0 2 イ形 圓的

カレー 0 名 咖哩

カレーライス 4 名 咖哩飯

オムライス 3 名 蛋包飯

ラーメン 1 名 拉麵

寿司 2 名 壽司

さしみ 0 3 名 生魚片

てんぷら 0 名 天婦羅（炸的蔬
　　菜、海鮮類）

バター 1 名 奶油

パン 1 名 麵包

お菓子 2 名 零食、點心

あめ 0 名 糖果

お酒 0 名 酒

お茶 0 名 茶

コーヒー 3 名 咖啡

紅茶 0 名 紅茶

ワイン 1 名 葡萄酒

水 0 名 水

牛乳 0 名 牛奶

果物 2 名 水果

ごはん 1 名 飯

砂糖 2 名 砂糖

塩 2 名 鹽

しょうゆ 0 名 醬油

酢 1 名 醋

わさび 1 名 芥末

卵 / 玉子 2 / 2 名 蛋

魚 0 名 魚

肉 <ruby>肉<rt>にく</rt></ruby> 2 名 肉

牛肉 <ruby>牛肉<rt>ぎゅうにく</rt></ruby> 0 名 牛肉

ぶた肉 <ruby>肉<rt>にく</rt></ruby> 0 名 猪肉

とり肉 <ruby>肉<rt>にく</rt></ruby> 0 名 雞肉

9 登山 <ruby>登山<rt>とざん</rt></ruby> 1 名 登山

登る <ruby>登<rt>のぼ</rt></ruby>る 0 動 攀登

山 <ruby>山<rt>やま</rt></ruby> 2 名 山

高い <ruby>高<rt>たか</rt></ruby>い 2 イ形 高的

低い <ruby>低<rt>ひく</rt></ruby>い 2 イ形 矮的、低的

危ない <ruby>危<rt>あぶ</rt></ruby>ない 0 3 イ形 危險的

富士山 <ruby>富士山<rt>ふじさん</rt></ruby> 1 名 富士山

つかれる 3 動 累、疲倦

10 小説 <ruby>小説<rt>しょうせつ</rt></ruby> 0 名 小説

文 / 文章 <ruby>文<rt>ぶん</rt></ruby> / <ruby>文章<rt>ぶんしょう</rt></ruby> 1 / 1 名 文章

字 / 文字 <ruby>字<rt>じ</rt></ruby> / <ruby>文字<rt>もじ</rt></ruby> 1 / 1 名 文字

物語 <ruby>物語<rt>ものがたり</rt></ruby> 3 名 故事

話 <ruby>話<rt>はなし</rt></ruby> 3 名 話語

書く <ruby>書<rt>か</rt></ruby>く 1 動 寫

小説家 <ruby>小説家<rt>しょうせつか</rt></ruby> 0 名 小説家

作家 <ruby>作家<rt>さっか</rt></ruby> 0 名 作家

夢 <ruby>夢<rt>ゆめ</rt></ruby> 2 名 夢

愛 <ruby>愛<rt>あい</rt></ruby> 1 名 愛

うそ 1 名 謊言

ほんとう（な） 0 名 ナ形 真（的）

主人公 <ruby>主人公<rt>しゅじんこう</rt></ruby> 2 名 主角

道具 <ruby>道具<rt>どうぐ</rt></ruby> 3 名 道具

附錄

新日檢N5聽解
擬真試題＋解析

在學習完四大題的題目解析之後，馬上來進行擬真試題測驗加強學習成效，聽解實力再加強。

N5

ちょうかい
聴解

（30分）

注　意
Notes

1. 「始め」の合図があるまで、この問題用紙を開けないでください。
   Do not open this question booklet before the test begins.

2. この問題用紙を持ち帰ることはできません。
   Do not take this question booklet with you after the test.

3. 受験番号と名前を下の欄に、受験票と同じようにはっきりと書いてください。
   Write your registration number and name clearly in each box below as written on your test voucher.

4. この問題用紙は、全部で16ページあります。
   This question booklet has 16 pages.

5. 問題には解答番号の①、②、③…が付いています。解答は、解答用紙にある同じ番号の解答欄にマークしてください。
   One of the row numbers①,②,③…is given for each question. Mark your answer in the same row of the answersheet.

受験番号　Examinee Registration Number	

名前　　Name	

N5

ちょうかい かいとうようし
聴解 解答用紙

受験番号
Examinee Registration
Number

名前
Name

〈 ちゅうい Notes 〉

1. くろいえんぴつ (HB、 No.2) で
   かいてください。
   Use a black medium soft
   (HB or NO.2) pencil.

2. かきなおすときは、けしゴムで
   きれいにけしてください。
   Erase any unintended marks
   completely.

3. きたなくしたり、おったりしない
   でください。
   Do not soil or bend this sheet.

4. マークれい Marking examples

よい Correct	わるい Incorrect
●	⊘ ⊖ ◯ ◐ ⊕ ◑ ◌

もんだい 1

1	①	②	③	④
2	①	②	③	④
3	①	②	③	④
4	①	②	③	④
5	①	②	③	④
6	①	②	③	④
7	①	②	③	④

もんだい 2

8	①	②	③	④
9	①	②	③	④
10	①	②	③	④
11	①	②	③	④
12	①	②	③	④
13	①	②	③	④

もんだい 3

14	①	②	③
15	①	②	③
16	①	②	③
17	①	②	③
18	①	②	③

もんだい 4

19	①	②	③
20	①	②	③
21	①	②	③
22	①	②	③
23	①	②	③
24	①	②	③

▶▶ もんだい1

> もんだい1では、はじめに　しつもんを　きいて　ください。それから　はなしを　きいて、もんだいようしの　1から4の　なかから、いちばん　いい　ものを　ひとつ　えらんで　ください。

❶ばん

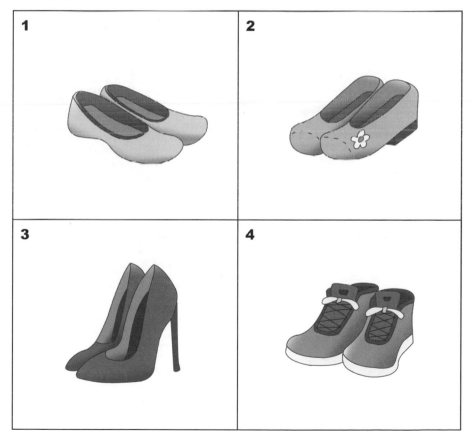

1

2

3

4

③ ばん

1 昼ごはんを食べます

2 トイレに行きます

3 茶道を体験します

4 お寺の庭を散歩します

4 ばん MP3 92

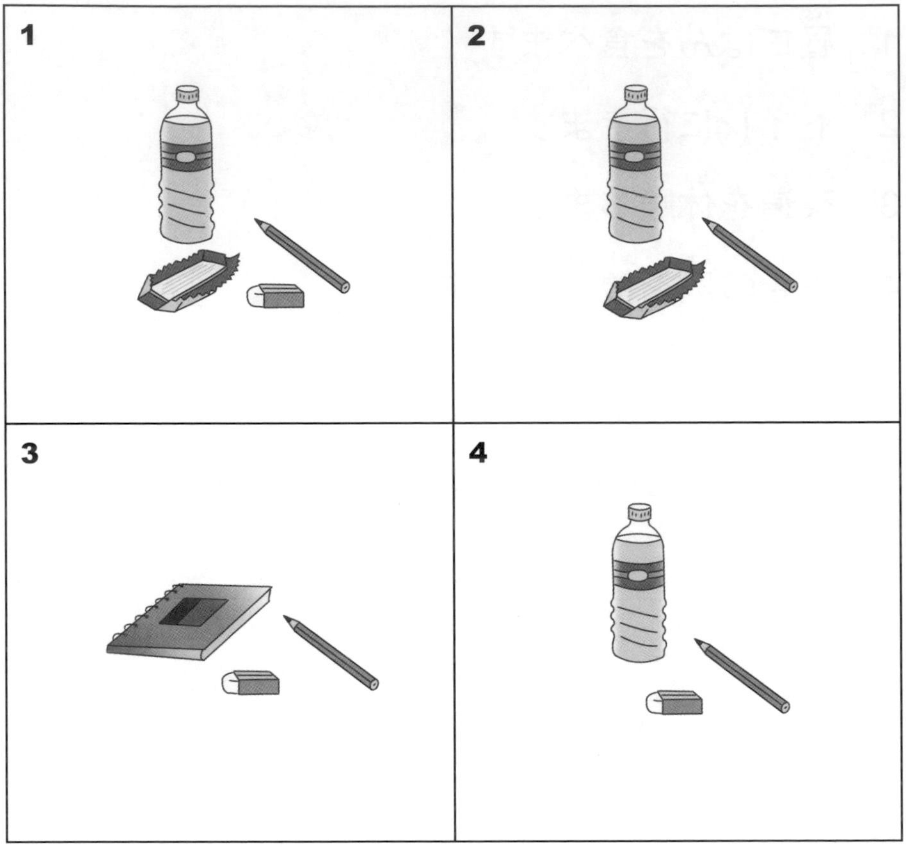

1 白
<ruby>白<rt>しろ</rt></ruby>

2 黄色
<ruby>黄<rt>き</rt></ruby><ruby>色<rt>いろ</rt></ruby>

3 緑
<ruby>緑<rt>みどり</rt></ruby>

4 青
<ruby>青<rt>あお</rt></ruby>

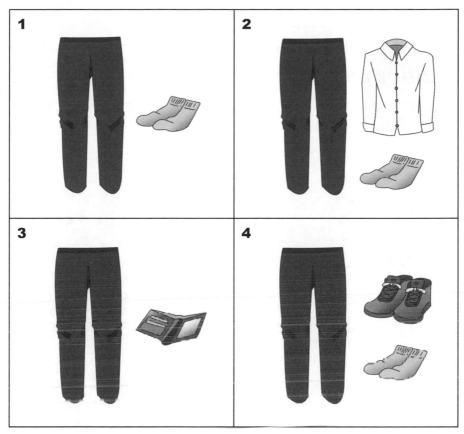

▶▶▶ もんだい2

> もんだい2では　はじめに、しつもんを　きいて　ください。そ
> れから　はなしを　きいて、もんだいようしの　1から4の　なかか
> ら、いちばん　いい　ものを　ひとつ　えらんで　ください。

❶ばん MP3 **96**

1 えいご

2 すうがく

3 かがく

4 こくご

❷ばん MP3 **97**

1 びょういん

2 びよういん

3 デパート

4 ゆうえんち

❸ ばん MP3 98

1 えきのかいさつ

2 こうえんのいりぐち

3 コンビニのまえ

4 がっこうのいりぐち

❹ ばん MP3 99

1 やまださんとあべさん

2 あべさんときむらさん

3 さとうさんとやまださん

4 きむらさんとさとうさん

5 ばん MP3 100

1 からあげとおにぎり

2 おにぎりとみそしる

3 てんぷらべんとう

4 からあげべんとう

6 ばん MP3 101

1 00712

2 00872

3 00112

4 00182

▶▶▶ もんだい3

もんだい3では、えを　みながら　しつもんを　きいて　ください。➡（やじるし）の　ひとは　なんと　いいますか。1から3の　なかから、いちばん　いい　ものを　ひとつ　えらんで　ください。

1 ばん MP3 102

▶▶▶ もんだい4

もんだい4には、えなどが ありません。ぶんを きいて、1から 3の なかから ただしい こたえを ひとつ えらんで ください。

― メモ ―

1 ばん MP3 107

2 ばん MP3 108

3 ばん MP3 109

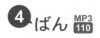

4 ばん MP3 110

5 ばん MP3 111

6 ばん MP3 112

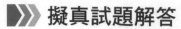

もんだい1

1ばん　2

2ばん　3

3ばん　4

4ばん　4

5ばん　1

6ばん　3

7ばん　1

もんだい3

1ばん　2

2ばん　1

3ばん　3

4ばん　2

5ばん　1

もんだい2

1ばん　1

2ばん　1

3ばん　2

4ばん　1

5ばん　4

6ばん　4

もんだい4

1ばん　3

2ばん　1

3ばん　2

4ばん　3

5ばん　1

6ばん　3

もんだい1

> 　もんだい1では、はじめに　しつもんを　きいて　ください。それから　はなしを　きいて、もんだいようしの　1から4の　なかから、いちばん　いい　ものを　ひとつ　えらんで　ください。
>
> 　問題1請先聽問題。接下來聽會話，從試題紙的1到4當中，選出一個最適當的答案。

（M：男性、男孩　F：女性、女孩）

①ばん MP3 89

靴屋で、男の人と店の人が話しています。男の人は、どの靴を買います
か。

M：妻に靴をプレゼントします。

F：ハイヒールですか。それとも、ヒールがないものですか。

M：ヒールが低くて、歩きやすいものがいいです。

F：じゃあ、これはどうですか。

M：もう少しおしゃれな靴がいいです。

F：それなら、この可愛いローヒールの靴がいいですね。

男の人は、どの靴を買いますか。

第1題

鞋店裡，男人和店裡的人正在說話。男人，要買哪一雙鞋子呢？

M ：要買鞋子送給太太。

F ：高跟的呢？還是沒有跟的呢？

M ：低跟、好走的鞋子好。

F ：那麼，這雙如何呢？

M ：再稍微時髦點的鞋子好。

F ：那樣的話，這雙可愛的低跟鞋不錯呢。

男人，要買哪一雙鞋子呢？

答案：2

女の人が話しています。男の人はこのあと、何をしますか。

F ：朝食はパンでいいですか。

M：はい。手伝います。

F ：じゃあ、パンを焼いてください。

M：オーブントースターがありません。どこにありますか。

F ：そうだ。先週、壊れました。

　　フライパンを使ってください。

M：わかりました。

男の人はこのあと、何をしますか。

第2題

女人正在説話。男人之後，要做什麼呢？

F ：早餐吃麵包好嗎？

M：好。我來幫忙。

F ：那麼，請烤麵包。

M：沒有烤箱。哪裡有呢？

F ：對了。上週，壞掉了。

　　請用平底鍋。

M：知道了。

男人之後，要做什麼呢？

答案：3

❸ ばん　MP3 91

ガイドさんがお客さんに話しています。お客さんは、このあとまず何を
しますか。

F：お寺に着きました。ここで茶道を体験します。

　　みなさん、抹茶を飲んだことがありますか。

M：はい。ちょっと苦いですが、おいしいです。

F：そうですね。茶道を体験する前に、お寺の庭を散歩します。

M：昼ごはんもここで食べますか。

F：いいえ、旅館についてから食べます。

お客さんは、このあとまず何をしますか。

1　昼ごはんを食べます

2　トイレに行きます

3　茶道を体験します

4　お寺の庭を散歩します

第3題

導遊正對著客人說話。客人，之後要先做什麼呢？

F　：抵達寺廟了。要在這裡體驗茶道。

　　　各位，有喝過抹茶嗎？

M　：有。雖然有點苦，但是好喝。

F　：是啊！體驗茶道之前，在寺廟的庭院散散步。

M　：午餐也在這裡吃嗎？

F　：沒有，抵達旅館之後才吃。

客人，之後要先做什麼呢？

1　吃午餐

2　去廁所

3　體驗茶道

4　在寺廟的庭院散散步

答案：4

きょうしつ せんせい はな がくせい なか なに い
教室で、先生が話しています。学生は、かばんの中に何を入れますか。

いま えんそく で こうじょう けんがく と えん
F：今から遠足に出かけます。工場を見学します。メモを取るので、鉛

ぴつ け わす あつ の もの も
筆と消しゴムを忘れないでください。暑いですから、飲み物を持っ

ていきましょう。

せんせい
M：先生、ガムはいいですか。

か し
F：だめです。お菓子はだめですよ。

がくせい なか なに い
学生は、かばんの中に何を入れますか。

第4題

教室裡，老師正在説話。學生，包包裡要放進什麼呢？

F ：現在出發去遠足。要參觀工場。由於要做筆記，請別忘了鉛筆和橡皮擦。因
為很熱，帶飲料去吧！

M：老師，口香糖可以嗎？

F ：不行。點心不行喔！

學生，包包裡要放進什麼呢？

答案：4

<ruby>女<rt>おんな</rt></ruby>の<ruby>人<rt>ひと</rt></ruby>が<ruby>店<rt>みせ</rt></ruby>の<ruby>人<rt>ひと</rt></ruby>と<ruby>話<rt>はな</rt></ruby>しています。<ruby>店<rt>みせ</rt></ruby>の<ruby>人<rt>ひと</rt></ruby>は、どの<ruby>服<rt>ふく</rt></ruby>を<ruby>渡<rt>わた</rt></ruby>しますか。

F：すみません、あそこにある<ruby>白<rt>しろ</rt></ruby>い<ruby>服<rt>ふく</rt></ruby>を<ruby>見<rt>み</rt></ruby>せてください。

M：このミニスカートですか。

F：いいえ、スカートではありません。

M：ああ、このシャツですか。

F：ちがいます。<ruby>上<rt>うえ</rt></ruby>と<ruby>下<rt>した</rt></ruby>が<ruby>離<rt>はな</rt></ruby>れていない<ruby>服<rt>ふく</rt></ruby>です。

M：ああ、ワンピースですね。

F：はい。

<ruby>店<rt>みせ</rt></ruby>の<ruby>人<rt>ひと</rt></ruby>は、どの<ruby>服<rt>ふく</rt></ruby>を<ruby>渡<rt>わた</rt></ruby>しますか。

第5題

女人正和店裡的人說話。店裡的人，交給她哪一件衣服呢？

F ：對不起，請讓我看一下在那裡的白色衣服。

M ：這件迷你裙嗎？

F ：不是，不是裙子。

M ：啊！這件襯衫嗎？

F ：不對。是上面和下面沒有分開的衣服。

M ：啊！連身洋裝是吧！

F ：是的。

店裡的人，交給她哪一件衣服呢？

答案：1

駅で、女の人と駅員が話しています。女の人は、何色の電車に乗りますか。

F：すみません、この電車は東京駅に行きますか。

M：いいえ、行きません。東京駅は2番線の電車ですね。

F：あの白い電車ですか。

M：ちがいます。緑色の電車です。それから、黄色い線があります。

F：分かりました。どうもありがとうございます。

女の人は、何色の電車に乗りますか。

1 白

2 黄色

3 緑

4 青

第6題

車站裡，女人和車站站員正在說話。女人，要搭什麼顏色的電車呢？

F：對不起，這輛電車到東京車站嗎？

M：不，不到。東京車站是第二月台的電車吧！

F：那輛白色的電車嗎？

M：不是。是綠色的電車。然後，有黃色的線條。

F：瞭解了。謝謝您。

女人，要搭什麼顏色的電車呢？

1 白色

2 黃色

3 綠色

4 藍色

答案：3

女の人と男の子が話しています。男の子は、何を買いますか。

M：明日は田中くんのたんじょうびです。

F：そうでしたね。

　　プレゼントを買いましたか。

M：はい。デパートで財布を買いました。

F：パーティーですから、きれいな服が必要ですね。

　　何を買いますか。

M：ズボンを買います。くつ下も買います。

F：シャツも買いますか。

M：シャツはいいです。

男の子は、何を買いますか。

第7題

女人和男孩子正在説話。男孩子，要買什麼呢？

M　：明天是田中同學的生日。

F　：對耶。

　　　買禮物了嗎？

M　：是的。在百貨公司買錢包了。

F　：有派對，要漂亮的衣服吧！

　　　要買什麼呢？

M　：要買褲子。還要買襪子。

F　：也要買襯衫嗎？

M ：襯衫不用。

男孩子，要買什麼呢？

答案：1

もんだい2

もんだい2では はじめに、しつもんを きいて ください。そ
れから はなしを きいて、もんだいようしの 1から4の なかか
ら、いちばん いい ものを ひとつ えらんで ください。

問題2請先聽問題。接下來聽會話，從試題紙的1到4當中，選出一個最
適當的答案。

がっこう としょかん おとこ こ おんな こ はな おんな こ あと なん
学校の図書館で男の子と女の子が話しています。女の子はこの後、何の
じゅく い
塾に行きますか。

すず き なん じゅく い
M：鈴木さんは、何の塾に行っていますか。

えい ご すうがく か がく じゅく
F ：英語と数学と化学の塾です。

か がく めずら
M：化学ですか。珍しいですね。

か がく にが て
F ：そうですか。わたしは化学が苦手ですから。

べんきょう
M：じゃあ、いっしょに勉強しませんか。

おし
教えてあげます。

F ：ありがとうございます。

きょう えい ご じゅく
でも、今日はこれから英語の塾があります。

こん ど ねが
今度お願いします。

M：はい。

おんな こ あと なん じゅく い
女の子はこの後、何の塾に行きますか。

1　えいご

2　すうがく

3　かがく

4　こくご

- -

第1題

學校圖書館裡男孩和女孩正在說話。女孩之後，要去補什麼樣的習呢？

M ：鈴木同學，有補什麼樣的習呢？

F ：英語和數學和化學的補習。

M ：化學嗎？很少見耶。

F ：是那樣嗎？因為我對化學不擅長。

M ：那麼，要不要一起學習呢？

　　我教妳。

F ：謝謝您。

　　但是，今天接下來有英語的補習。

　　下次麻煩你。

M ：好的。

女孩之後，要去補什麼樣的習呢？

1　英語

2　數學

3　化學

4　國語

答案：1

新
日
檢
N5
聽
解
30
天
速
成
！
升
級
版

268

男の人と女の人が話しています。女の人は昨日、どこへ行きましたか。

M：昨日、木村さんの家に行きました。

　　家にいませんでしたね。

F：はい、出かけていました。

M：デパートで買い物ですか。

F：いいえ。母が病院で検査するので、いっしょに行きました。

　　ほんとうは美容院で髪の毛を切るつもりでしたが、休みでした。

M：そうですか。

女の人は昨日、どこへ行きましたか。

1　びょういん

2　びよういん

3　デパート

4　ゆうえんち

第2題

男人和女人正在説話。女人昨天，去哪裡了呢？

M：昨天，我去了木村先生家。

　　妳不在家吧！

F：是的，我出門了。

M：去百貨公司買東西嗎？

F：沒有。母親要去醫院檢查，所以一起去了。

　　其實本來要去美容院剪頭髮的，但是沒有開。

M ：那樣啊。

女人昨天，去哪裡了呢？

1 醫院

2 美容院

3 百貨公司

4 遊樂園

答案：1

学校で男の子と女の子が話しています。二人は明日、どこで会いますか。

M：明日は模擬テストですね。

F ：そうですね。緊張します。

M：わたしもです。

　　朝、いっしょに行きませんか。

F ：いいですね。どこで会いますか。

M：駅は人がたくさんいます。

F ：コンビニの前はどうですか。

M：わたしの家からはちょっと遠いです。

　　そうだ、桜公園の入口はどうですか。

F ：いいですね。

　　ベンフもありますから、早くついたら復習できます。

M：じゃ、そうしましょう。

　　明日の朝8時半に会いましょう。

F ：はい。

二人は明日、どこで会いますか。

1　えきのかいさつ

2　こうえんのいりぐち

3　コンビニのまえ

4　がっこうのいりぐち

第3題

學校裡男孩和女孩正在説話。二人明天要在哪裡碰面呢？

M ：明天是模擬考是吧！

F ：對啊！好緊張。

M ：我也是。

　　早上，要不要一起去呢？

F ：好啊！在哪裡碰面呢？

M ：車站人很多。

F ：在便利商店前如何呢？

M ：離我家有點遠。

　　對了，櫻花公園的入口如何呢？

F ：好耶。

　　因為還有長椅，早到的話可以複習。

M ：那麼，就那樣吧！

　　明天早上八點半見吧！

F ：好的。

二人明天要在哪裡碰面呢？

1　車站的剪票口

2　公園的入口

3　便利商店的前面

4　學校的入口

答案：2

女の人と男の人が話しています。女の人は誰と行きますか。

M：明日は本社で会議がありますね。

　　どうやって行きますか。

F：車で行くつもりです。

M：一人ですか。

F：いいえ、安倍さんと山田さんと3人で行きます。

　　木村さんもいっしょにどうですか。

M：ありがとうございます。

　　でも、わたしは佐藤さんと電車で行くので、いいです。

F：そうですか。

女の人は誰と行きますか。

1　やまださんとあべさん

2　あべさんときむらさん

3　さとうさんとやまださん

4　きむらさんとさとうさん

第4題

女人和男人正在説話。女人要和誰去呢？

M　：明天總公司有會議吧！

　　　要怎麼去呢？

F　：打算開車去。

M ：一個人嗎？

F ：不是，和安倍小姐、山田小姐三個人去。

　　木村先生也一起如何呢？

M ：謝謝您。

　　不過，因為我要和佐藤先生一起搭電車去，所以沒關係。

F ：這樣啊。

女人要和誰去呢？

1　安倍小姐和山田小姐

2　安倍小姐和木村先生

3　佐藤先生和山田小姐

4　木村先生和佐藤先生

答案：1

<ruby>男<rt>おとこ</rt></ruby>の<ruby>人<rt>ひと</rt></ruby>と<ruby>女<rt>おんな</rt></ruby>の<ruby>人<rt>ひと</rt></ruby>がコンビニで<ruby>話<rt>はな</rt></ruby>しています。<ruby>男<rt>おとこ</rt></ruby>の<ruby>人<rt>ひと</rt></ruby>は<ruby>何<rt>なに</rt></ruby>を<ruby>買<rt>か</rt></ruby>いますか。

F ：こんばんは。<ruby>夕<rt>ゆう</rt></ruby>ごはんの<ruby>買物<rt>かいもの</rt></ruby>ですか。

M：こんばんは。わたしは<ruby>料理<rt>りょうり</rt></ruby>ができませんから、

　　ほとんど<ruby>毎日<rt>まいにち</rt></ruby>ここで<ruby>弁当<rt>べんとう</rt></ruby>を<ruby>買<rt>か</rt></ruby>います。

F ：そうですか。

　　ここのからあげはおいしいですよね。

M：はい、この<ruby>弁当<rt>べんとう</rt></ruby>にはからあげがたくさん<ruby>入<rt>はい</rt></ruby>っているので、

　　<ruby>好<rt>す</rt></ruby>きです。

　　<ruby>小<rt>ちい</rt></ruby>さい<ruby>天<rt>てん</rt></ruby>ぷらとサラダもついています。<ruby>太<rt>ふと</rt></ruby>りますね。

F ：<ruby>男<rt>おとこ</rt></ruby>の<ruby>人<rt>ひと</rt></ruby>はたくさん<ruby>食<rt>た</rt></ruby>べてもだいじょうぶですよ。

　　わたしはおにぎりとみそ<ruby>汁<rt>しる</rt></ruby>です。

<ruby>男<rt>おとこ</rt></ruby>の<ruby>人<rt>ひと</rt></ruby>は<ruby>何<rt>なに</rt></ruby>を<ruby>買<rt>か</rt></ruby>いますか。

1　からあげとおにぎり

2　おにぎりとみそしる

3　てんぷらべんとう

4　からあげべんとう

第5題

男人和女人正在便利商店説話。男人要買什麼呢？

F ：晚上好！買晚餐要吃的嗎？

M：晚上好。

我不會做菜，所以幾乎每天都在這裡買便當。

F ：這樣啊。

　　這裡的炸雞塊很好吃是吧！

M ：是的，這種便當裡面放很多炸雞塊，所以我很喜歡。

　　還附上小天婦羅和沙拉。會肥吧！

F ：男人吃很多也沒關係啦！

　　我是飯糰和味噌湯。

男人要買什麼呢？

1　炸雞塊和飯糰

2　飯糰和味噌湯

3　天婦羅便當

4　炸雞塊便當

答案：4

^{おとこ} ^{ひと} ^{おんな} ^{ひと} ^{はな} ^{おんな} ^{ひと} ^{なん}
男の人と女の人が話しています。女の人のパスワードは何ですか。

M：すみません、パソコンが開きません。
^{ひら}

F：ああ、そのパソコンはいつもわたしが使っています。
^{つか}
　　パスワードが必要です。
^{ひつよう}

M：そうですか。

F：パスワードは００１８２です。
^{ゼロゼロいちはちに}

M：００７１２ですか。
^{ゼロゼロしちいちに}

F：いいえ、０、０、１、８、２です。
^{ゼロ} ^{ゼロ} ^{いち} ^{はち} ^に

M：００１８２ですね。
^{ゼロゼロいちはちに}

F：そうです。

M：わかりました。

^{おんな} ^{ひと} ^{なん}
女の人のパスワードは何ですか。

1　00712

2　00872

3　00112

4　00182

第6題

男人和女人正在說話。女人的密碼是什麼呢？

M：對不起，電腦打不開。

F：啊！那台電腦平常都是我在用。

需要密碼。

M ：這樣啊！

F ：密碼是00182

M ：00712嗎？

F ：不是，是0、0、1、8、2。

M ：00182對吧！

F ：沒錯。

M ：知道了。

女人的密碼是什麼呢？

1　00712

2　00872

3　00112

4　00182

答案：4

もんだい3

　　もんだい3では、えを　みながら　しつもんを　きいて　ください。➡（やじるし）の　ひとは　なんと　いいますか。1から3の　なかから、いちばん　いい　ものを　ひとつ　えらんで　ください。

　　問題3請一邊看圖一邊聽問題。（箭號）比著的人要說什麼呢？請從1到3當中，選出一個最適當的答案。

1 ばん MP3 102

バスのなかで、女の人が男の人の足を踏んでしまいました。何と言いますか。

Ｆ：1. はじめまして。

　　2. すみません。

　　3. おめでとう。

第1題

公車裡，女人踩到男人的腳。要說什麼呢？

Ｆ：1. 初次見面。

　　2. 對不起。

　　3. 恭喜。

答案：2

❷ ばん MP3 103

ラーメン屋でラーメンを食べます。何と言いますか。

F ：1. いただきます。

　　2. ごちそうさまでした。

　　3. おせわになります。

第2題

在拉麵店吃拉麵。要説什麼呢？

F ：1. 開動！

　　2. 謝謝您的招待、吃飽了。

　　3. 承蒙照顧。

答案：1

❸ ばん MP3 104

息子が学校に行きます。息子に何と言いますか。

F ：1. ごめんください。

　　2. いってきます。

　　3. いってらっしゃい。

第3題

兒子要去學校。要對兒子説什麼呢？

F ：1. 有人在嗎？

　　2. 我要出門了。

　　3. 慢走、路上小心。

答案：3

④ ばん MP3 105

朝、外で近所の人に会いました。何と言いますか。

F ：1. ごはんを食べましたね。

　　2. いいお天気ですね。

　　3. 喫茶店は人が多いですね。

第4題

早上，在外面遇到鄰居了。要説什麼呢？

F ：1. 吃過飯了吧！

　　2. 天氣真好呢！

　　3. 咖啡廳人很多呢！

答案：2

---

⑤ ばん MP3 106

うちへ帰ります。同僚に何と言いますか。

M：1. また明日。

　　2. ただいま。

　　3. お大事に。

第5題

要回家。要對同事説什麼呢？

M：1. 明天見。

　　2. 我回來了。

　　3. 請多保重。

答案：1

もんだい4

もんだい4には、えなどが ありません。ぶんを きいて、1から
3の なかから ただしい こたえを ひとつ えらんで ください。

問題4沒有圖等等。請聽句子，從1到3當中，選出一個正確的答案。

1 ばん MP3 107

F：今は何月ですか。

M：1. 3時です。

　　2. 3週間です。

　　3. 3月です。

第1題

F ：現在是幾月呢？

M ：1. 三點。

　　2. 三個星期。

　　3. 三月。

答案：3

②ばん MP3 108

M：すみません、駅はどこですか。

F：1. あそこです。

　　2. ありました。

　　3. 切符を買います。

第2題

M ：對不起，車站在哪裡呢？

F ：1. 那裡。

　　2. 有了。

　　3. 買車票。

答案：1

---

③ばん MP3 109

F：会社は何時からですか。

M：1. 10人います。

　　2. 9時からです。

　　3. 7月に始まります。

第3題

F ：公司從幾點開始呢？

M ：1. 有十個人。

　　2. 從九點開始。

　　3. 從七月開始。

答案：2

4 ばん `MP3 110`

M：彼はどこの国の人ですか。

F：1. そっちです。

   2. マクドナルドです。

   3. ドイツです。

第4題

M ：他是哪一國人呢？

F ：1. 那裡。

   2. 麥當勞。

   3. 德國。

答案：3

5 ばん `MP3 111`

F：それは誰の自転車ですか。

M：1. わたしのです。

   2. はい、そうです。

   3. 日本製です。

第5題

F ：那是誰的腳踏車呢？

M：1. 我的。

   2. 對，是的。

   3. 日本製。

答案：1

6 ばん MP3 112

M：少し熱があります。

F ：1. お元気ですか。

2. それはいいですね。

3. だいじょうぶですか。

第6題

M ：有點發燒。

F ：1. 你好嗎？

2. 那很好耶。

3. 沒關係嗎？

答案：3

國家圖書館出版品預行編目資料

新日檢N5聽解30天速成！　新版 /
こんどうともこ著、王愿琦中文翻譯
-- 修訂二版 -- 臺北市：瑞蘭國際, 2024.02
288面；17 x 23公分 --（檢定攻略系列；88）
ISBN：978-626-7274-87-3（平裝）
1. CST：日語　2. CST：能力測驗

803.189　　　　　　　　　113001325

檢定攻略系列 88

新日檢N5聽解30天速成！ 新版

作者｜こんどうともこ
中文翻譯｜王愿琦
總策劃｜元氣日語編輯小組
責任編輯｜葉仲芸、王愿琦
校對｜こんどうともこ、葉仲芸、王愿琦

日語錄音｜こんどうともこ、福岡載豐、鈴木健郎
錄音室｜采漾錄音製作有限公司
封面設計｜劉麗雪・版型設計｜余佳憓
內文排版｜余佳憓、帛格有限公司、陳如琪
美術插畫｜KKDRAW

瑞蘭國際出版
董事長｜張暖彗・社長兼總編輯｜王愿琦
編輯部
副總編輯｜葉仲芸・主編｜潘治婷
設計部主任｜陳如琪
業務部
經理｜楊米琪・主任｜林湲洵・組長｜張毓庭

出版社｜瑞蘭國際有限公司・地址｜台北市大安區安和路一段104號7樓之一
電話｜(02)2700-4625・傳真｜(02)2700-4622・訂購專線｜(02)2700-4625
劃撥帳號｜19914152 瑞蘭國際有限公司
瑞蘭國際網路書城｜www.genki-japan.com.tw

法律顧問｜海灣國際法律事務所　呂錦峯律師

總經銷｜聯合發行股份有限公司・電話｜(02)2917-8022、2917-8042
傳真｜(02)2915-6275、2915-7212・印刷｜科億印刷股份有限公司
出版日期｜2024年02月初版1刷・定價｜400元・ISBN｜978-626-7274-87-3